中华文化丛书

Collection Cultures Chinoises

Serie sobre la Cultura China

Chinesische Kultur für die Welt

中華文化シリーズ Collection Cultures Chinoises

Chinese Culture Series

Serie sobre la Cultura China 中華文化シリーズ

Chinesische Kultur für die Welt

中华文化丛书

Chinese Culture Series

中国古桥

◎吴越 编著

江西出版集团

百花洲文艺出版社

中华文化 丛书
ZHONGHUA WENHUA CONGSHU

编辑工作委员会

致 读 者

中华文化是世界上最古老的文化之一，也是中华民族智慧的结晶。它丰富的内涵，不仅充分表现出以华夏文化为中心的统一性，而且有着非常明显的多民族特点。中华文化的统一性，在中国历史上的任何时刻，即使是在多次的政治纷乱、社会动荡中，都未曾被分裂和瓦解过；它的民族性则表现在中国广袤疆域上所形成的多元化的区域文化和民族文化。而在悠久历史长河中，随着中外文化交流的频繁，中华文化又吸收了许多外来的优秀文化。它的辉煌体现在哲学、宗教、文学、艺术里，它的魅力体现在中医、饮食、民俗、建筑中。数千年来，它不仅滋养着炎黄子孙，而且对世界其他地区的历史与文化产生了重要的影响。

在进入 21 世纪的今天，越来越多的人对中华文化产生了浓厚的兴趣。许多国家兴起了学汉语热，来中国的外国留学生也以每年近万人的速度递增。近年来，一些国家还相继举办了"中国文化节"，更多的外国朋友愿意了解、认识古老又现代的中国。

为了展示中华民族的优秀文化，促进中华文化与世界各国文化之间的交流，我们策划、编撰了这套"中华文化丛书"（外文版名称为"龙文化：走近中国"）。整套丛书用中文、英文、法文、日文、德文、西班牙文，向中外读者展现了中华文化的丰富内涵。在来自不同领域的百余位专家、学者的笔下，这些绚丽的中华文化元素得到了更细腻、更生动、更详尽、更有趣的诠释。

整套丛书共分 36 册，从《华夏文明五千年》述说中国悠久的历史开始，通过《孔子》、《孙子的战争智慧》、《中国古代哲学》、《科举与书院》、《中国佛教与道教》，阐述中华民族精神文化的不同基因与思想、哲学发展的脉络；通过《中国神话与传说》、《汉字与书法艺术》、《古典小说》、《古代诗歌》、《京剧的魅力》，品味中国文学从远古走来一路闪烁的艺术与光芒；通过《中国绘画》、《中国陶瓷》、《玉石珍宝》、《多彩服饰》、《中国古钱币》，展示中国古代艺术的绚烂与多姿；通过《长城》、《古民居》、《古典园林》、《寺·塔·亭》、《中国古桥》，回眸中国古代建筑史上的璀璨与辉煌；通过《民俗风韵》、《中国姓氏文化》、《中国家族文化》、《玩具与民间工艺》、《中华节日》，追溯中国传统礼仪、民俗文化的起源与发展；通过《中医中药》、《神奇的中医外治》、《中华养生》、《中医针灸》，领略中国传统医学的博大与精深；通过《中国酒文化》、《中华茶道》、《中国功夫》、《饮食与文化》，解读中国人"治未病"的思想与延年益寿的养生方法；通过《发明与发现》、《中外文化交流》，介绍中国科技发展的渊源与国际交流合作之路。

这套丛书真实地展现了中华文化的方方面面，作者以通俗生动的语言，在不长的篇幅内，图文并茂地讲述了丰富的历史、故事、传说、趣闻，突出知识性、可读性和趣味性，兼顾多国读者的阅读习惯，很适合对中华文化有兴趣的中外大众读者阅读。

参加本套丛书外文版翻译工作的人士，大都是多年生活在海外的华人学者，校译者多为各国的相关学者。在本套丛书出版之际，谨向这些热心参与本项工作的中外人士致以崇高的敬意和感谢。

本套丛书由中国山东教育出版社、中国百花洲文艺出版社和中国湖南科学技术出版社联合出版。2009年9月，中国将作为主宾国，参加在德国法兰克福举办的国际书展。我们真诚地希望，这份凝聚着中国出版人心血的厚重礼物能够得到全世界读者的喜爱。

卢祥之

2009 年 1 月 15 日

■ 桂林兴安万里桥

目录

引　言

　　中国古桥，按照类型可分为浮桥、梁桥、索桥、拱桥，按照作用可分为栈道桥、纤道桥、阁道桥、园林桥，等等，其所使用的材料则有土、木、砖、石、竹、铁等。中国古桥，涵盖着千百年来优秀的技艺：七千年前就有卯榫结构技术，春秋战国时期有折边技术，汉代有桥梁软土地基、小桩密植基础技术，晋代有半圆拱技术，隋代有圆弧敞肩拱桥技术，宋代有链锁纵联并列拱桥建造技术和贯木拱桥建造技术，明代有超时代的悬链线拱桥建造技术、海口大型闸桥建造技术。这些桥梁技术水平在当时都处于世界领先地位。

　　一座桥，桥下水脉脉，桥上人踟蹰。桥，带给每个人不同的思绪。"唐宋八大家"之一的欧阳修（公元1007～1072年，北宋文学家、史学家）说："独立小桥风满袖。"一个人静静地站立在小桥上，任凭微凉的晚风灌满宽大的衣袖，桀骜不驯，风流倜傥，那情状意态多么潇洒自得啊！而"元曲四

大家"之一的马致远，则描绘出"枯藤老树昏鸦，小桥流水人家，古道西风瘦马"的悠远意境。一匹枯瘦的马，慢慢行走在千年古道之上，两旁是零乱的杂草和纠缠不清的枯朽藤蔓，以及干瘪老树的身影，黄昏的乌鸦一群群从头顶飞过；路尽头，一湾河水缓缓流淌，河上有一座弯弯的小桥，桥的另一边隐约可见几栋茅屋，茅屋上炊烟袅袅。一个跋涉千里的旅人，在孤独与落寞当中，看到这样一座小桥，就如同找到了一个归宿，那该是一件多么令人欣慰的事情啊！

　　桥，联结着两岸，维系着交通、贸易的命脉，它也是人生历程的一个个生命驿站。风雅的典故、神话般的传说、英雄的精神、艺术的灵魂，无不汇聚在它的身上。无论是石桥、木桥还是铁索桥，都有属于它自己的一段前尘往事。桥，浓缩了美的情愫，积聚着哲的思索。

中华文化丛书
ZHONGHUA WENHUA CONGSHU

中 国 古 桥

◀ 古桥新貌

《灞桥风雪图》（明）

二十四桥明月夜——桥与人

千百年来，人对桥产生了很深厚的感情。有些人因桥而死，有些人因桥而发迹，还有些人因为桥而断送了江山。唐朝诗人张继因其诗让苏州的枫桥闻名天下，也让姑苏记住了那个心怀百姓社稷的诗人。无数次目睹折柳相赠送友人远去的灞桥，离别的愁绪回荡在一桥之上。当年，汉朝开国名相张良与黄石公相遇圯桥之上，一部书成就了张良的开国功勋。当年，一行禅师不远万里赴天台求学，丰干桥下的流水被其感动竟然掉头西行。人将自己的精神赋予了桥，所以桥也就拥有了人的精神。

宠辱相忘的圯桥

公元前221年，中国进入了秦朝。这是中国历史上第一个统一的中央集权帝制王朝。秦王朝的统治者秦始皇，以武力消灭其余六个诸侯国，统一了中国。

然而，这个辉煌的朝代却只存在了短短的十五年就被反抗秦王朝的政权推翻了。这些反抗政权争夺到最后，只剩下两支最有力量的武装，即楚与汉，他们为争夺统治权而进行战争，这就是中国历史上有名的"楚汉相争"。楚的领导者名叫项羽，汉的领导者名为刘邦。原本旗鼓相当的两支武装力量，却因为汉

中华文化丛书
ZHONGHUA WENHUA CONGSHU

中 国 古 桥

朝（公元前206～220年）第一位皇帝刘邦选用了一个人而改变了整个历史。这个人就是张良。

张良，本姓姬，当时人称之为姬公子，是春秋七国之一的韩国的贵族，相貌十分清秀。张良的父亲、祖父都在韩国担任过相国。秦始皇在统一六国的进程中灭了韩国，张良也就成了失去祖国的人。他为了替韩国报仇，遣散三百家僮，散尽所有家财收买刺客。公元前218年，张良获悉秦始皇巡游将要途经博浪沙（今河南原阳县东南），于是雇佣了力士仓海君用大铁锤袭击秦始皇。结果，六十公斤重的大铁锤误中副车，没有砸到秦始皇，大力士被俘自尽。秦始皇下令全国通缉张良。无奈，张良只好隐姓埋名，来到了下邳（今江苏邳县）。

据县志记载，在下邳有一座石拱桥，名为"圯桥"，桥下缓缓流过的是注入泗河的小沂水。《史记》卷五十五《留侯世家》第二十五载：张良经常在桥上漫步，有一天，他在桥上遇到一个穿着褐色麻布短衣的老头儿。老头儿看到张良走过来，故意把鞋子扔到桥下，却对张良说："孺子，下去把鞋子给我取回来。"张良愕然，想要打他，但看到他年

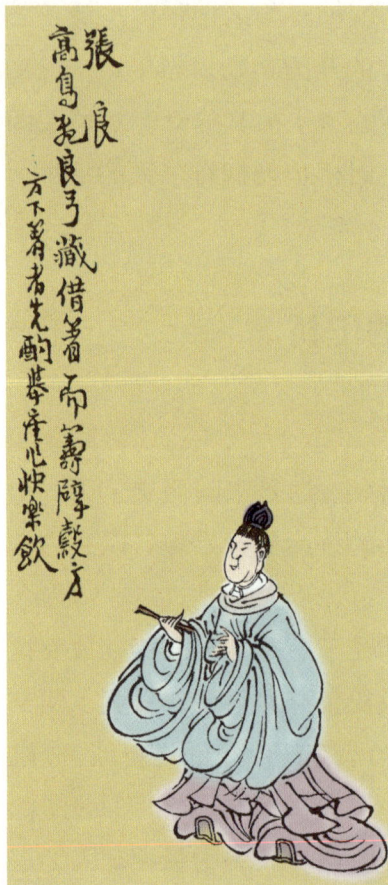

张良像 ▶

迈，终于忍住了，跑到桥下去帮老头儿取回了鞋子。老头儿接着说："给我穿上。"于是，张良又拿过鞋子，跪在地上帮老头儿把鞋子穿好。老头儿穿好鞋子，笑着走了。张良感到很惊奇，跪在那里一直看着他走远。不料老头儿又走了回来，对张良说："你这个孩子有出息，五天之后天亮的时候，你来这儿跟我相会吧。"张良因为奇怪，没有回过神来，只跪在那儿说了一句"好"。

五天之后，天刚刚亮，张良来到桥上，老头儿已经在那儿了。见到张良，他张嘴就骂："和老人家见面，你居然晚了，这是什么道理啊？"说完，老头儿抬腿就走，走之前说："五天之后，再早点儿来相会。"

过了五天，鸡刚刚打鸣，张良就往坯桥而去。可是等他赶到桥上时，老头儿又先到了，于是他又骂张良："你又晚了！什么道理啊？"再次抬脚就走，走之前让张良五天之后再早点儿来。

又过了五天，张良半夜就跑到桥上等候老头儿。过了一会儿，老头儿来了，很高兴地说："就应该这样子嘛！"于是取出一编竹简送给张良，叮嘱说："读了此书，将来可做帝王的老师，十年后可以安定天下。十三年后你来济北见我。谷城山下的黄石就是我。"老头儿说完后就不见了。相传，老人名叫黄石公，所

黄石公
亦知秦之隔乱其子
务酬有著述者一生

◀ 黄石公像

3

传授给张良的，是"武经七书"之一的《黄石公三略》。张良得到这编竹简后，在下邳苦读十年，后来辅佐刘邦灭秦亡楚，成就汉室帝业。

楚汉相争，汉兴楚亡，其原因，就在于"得人者昌，失人者亡"。刘邦在即位后的一次宴会上说："论足智多谋，运筹决策，我不如张良；论坐镇后方，安抚人民，筹措粮饷，我不如萧何；论统帅百万大军，战必胜，攻必克，我不如韩信。"张良、萧何、韩信被称为"初汉三杰"，而"三杰"中又以张良为首。

这个"圯桥进履"的故事，将下邳这片远古的封地留存史册，也将圯桥渲染得更富传奇色彩，成为数千年来文人雅士竞相观赏、传诵诗文的地方。

清康熙七年(公元1668年)，受山东郯城大地震的影响，黄河决口，整个下邳城陷于汪洋之中，圯桥也随之湮没。历经沧桑的圯桥虽已湮没，但圯桥所留下的动人故事则永为后人所传颂。1984年，当地政府在原桥旧址上重建一座钢混结构的桥梁，依旧命名为"圯桥"，栏杆上书写"张良进履处"，并在桥头立碑，碑上铭刻着这段张良和黄石公之间的千秋佳话。

圯桥所改变的不仅仅只是张良个人的命运，也是整个中国文化的一种进程。经历了从博浪沙椎秦的血气之勇到圯桥进履的坚忍修行，张良从一个只知道逞匹夫之勇的孩子成长为帝王

圯桥 ▲

4

之师，这之间需要表现出来的那些智慧、镇静与平和，并非一朝一夕就能改变。在那段国破家亡、隐姓埋名、流离失所的日子里，是圯桥陪伴着张良度过了一天又一天。历史将张良的出世描绘得流光溢彩，也将默默奉献的圯桥留在了人们心底。

"圯桥进履"留给后人的是中国式的坚忍、临危不乱的大气与波澜不惊的从容，一如桥下静静流淌了千年的河水。

一行到此水西流的丰干桥

在浙江中部有一座缈缈天台山，白云深处，群山含黛。天台山五峰环抱中，有一座始建于隋代（公元589年）的古刹，名为"国清寺"。此寺乃中国汉化佛教第一宗——天台宗的祖庭，也是日本、韩国天台宗的发源地。天台宗是隋唐时期最早成立的具有鲜明中国本土特色的佛教宗派，因实际创立者智者大师常住浙江天台山而得名。一千四百年，十四个世纪，五十多万个日夜，国清寺风风雨雨走到今天。

去国清寺，必定经过一桥，此桥名为"丰干桥"。桥建于宋景德三年（公元1006年），原名"玉峰双涧桥"，后为纪念唐代贞观年间国清寺的丰干

▼ 国清寺照壁

禅师而更名。桥为单孔石拱桥，长14.4米，拱圈呈圆弧形，净跨10.7米。桥面用卵石铺筑。数位传奇人物在这座桥上留下了印迹。果真是天台山的山水奇幽，哺育出的人也有此山水的仙风道骨。

话说公元7世纪的唐太宗年间，有一位官员名叫闾丘胤，他接受皇上的诏命，准备去台州任刺史。可就在起程的那一天，他突然头痛难忍，很多医生看了都束手无策。这时候，来了一位僧人，自称丰干禅师，是从天台山国清寺而来，路过此地，能治疗头痛病。闾丘胤急忙唤他前来，问他如何医治。丰干禅师不慌不忙地笑着说："病从幻想而生，如果想要除去，只需净水一杯。"

仆人将净水拿来，丰干对着净水诵咒了一通，吸了一大口对准闾丘胤头上喷去，弄得闾丘胤从头到脚全被淋湿。可不到喝一杯茶的工夫，他的头痛竟然就好了。

闾丘胤自然对丰干禅师敬佩得不得了。得知丰干禅师来自台州管辖的天台山，急忙问他自己准备赴任的台州是否有贤士。丰干禅师却很

寒山、拾得、丰干图 ▶

巧妙而含蓄地回答说："见之不识，识之不见，若欲见之，不得取相，乃可得见。"意思是说：见到了你未必认识，认识的你未必能见到；如果想见到他们，不能只看外表，才能找到。闾丘胤连连点头，说自然不会以貌取人。丰干继续说，有一位名叫寒山子的，是文殊菩萨降世，现在国清寺里；另一位叫拾得的，是普贤菩萨的化身。他们现在变成一副贫苦穷相，还有一点儿疯狂情态。两个人你来我往，不在国清寺的库房里，就在厨房内掌火呢。丰干禅师说完就走了。

◀ 寒山、拾得像

　　闾丘胤到达台州后，就开始寻访丰干禅师所说的寒山子和拾得。听说他们果真在国清寺，就带着众多衙役，兴师动众地来到寺院。寺众听说来了官员，纷纷出来迎接，但其中却不见寒山子和拾得。寺众解释说，丰干禅师的住院，就在藏经院的后面，现在并没有人居住，只是有一只老虎，不时会到那吼叫一阵然后离去。而寒山子和拾得两人，此刻正在厨房里面。

　　寺众簇拥着闾丘胤来到厨房，还未曾进门，就听到里面有两个人大笑不止。得知他们就是丰干禅师所说的贤士高人，闾丘胤慌忙跑进去低头就拜。寒山子与拾得两个人见此情形，说：

"都是丰干饶舌！丰干饶舌！丰干禅师就是弥陀，闾丘胤遇弥陀而不认识，却跑来向我们两人顶礼做什么？"说完，寒山子和拾得两人就手拉着手跑了出去，越跑越快，众人都没能追上。

闾丘胤在丰干禅师的院子里看到了斑斑虎迹，又在墙上发现了两首诗词，此外再无其他。他无奈地回到衙署，请教了国清寺的老僧，却没有人知道丰干禅师何时来的寺院，只知道他们当中最老的僧人刚来国清寺的时侯，丰干禅师就已经在寺内了。传说他初来国清寺的时候，骑在一只老虎背上慢吞吞地从远处山路上走来，径直走到了藏经院的后面，然后从虎背上下来，关好院门，又走了出来。从那之后，寺院里面常常会听到老虎的吼叫声。大家因为害怕老虎都不敢走近后院，因而那院落也就只有丰干禅师一个人居住。

丰干禅师总是独来独往，很少与寺内的僧人交谈。某日，他在寺外遇到一个被遗弃的婴孩，将其抱起。孰不知，这个婴孩被抱起之后见风而长，不一会儿就长成十岁的模样了。但是丰干禅师并不觉得惊讶，他给小孩儿起名"拾得"，又将拾得安置在寺内食堂打杂，于是，众人也就跟着一起叫小孩儿"拾得"。寒山寺内有一个小和尚叫寒山子，跟拾得很投缘，经常来找拾得玩耍。两个人都是疯疯癫癫的，大家也从不觉得有什么怪异。没想到，三个人居然是弥陀、文殊与普贤，大家都感到十分惊叹。

为了纪念丰干禅师，后人将通往国清寺门口的桥命名为"丰干桥"，并在寺内建有"三贤堂"，供奉这三个贤者。

这丰干桥下，就是天台八景之一的"双涧回澜"。发源于天台北山的北涧和发源于灵芝峰黄泥山冈的西涧之水至此汇合，向东流入赭溪。北涧自北山而下，曲折奔流几十里到达国清寺；

而西涧从灵芝峰上一泻而下，流程只有二三里。西涧之水晶莹清澈，而北涧之水混沌黄浊。夏秋大雨时节，溪水满盈，交汇激荡，一清一黄，尤为壮观。

桥北头西侧有一石碑，高约2.5米，宽约0.8米，上书"一行到此水西流"。这里流传着《旧唐书》上记载的一段访师求教的佳话。

一行禅师姓张名遂，河北巨鹿人，唐代开国功臣张公瑾的后裔。张遂自幼天资聪颖，刻苦好学，博览群书。青年时代他到长安拜师求学，研究天文和数学，很有成就，成为著名的学者。

张遂生活在中国唯一的女皇武则天当政期间。女皇武则天的侄子武三思当时身居高位，他沽名钓誉，到处拉拢文人名士以抬高自己，几次想跟张遂结交。但张遂不愿与他为伍，愤然离开国都长安，往东去了嵩山剃度出家，法号"一行"。所以，世人称他为"一行禅师"或"僧一行"。

一行禅师不仅仅是位大德高僧，翻译了《大日经》，而且精

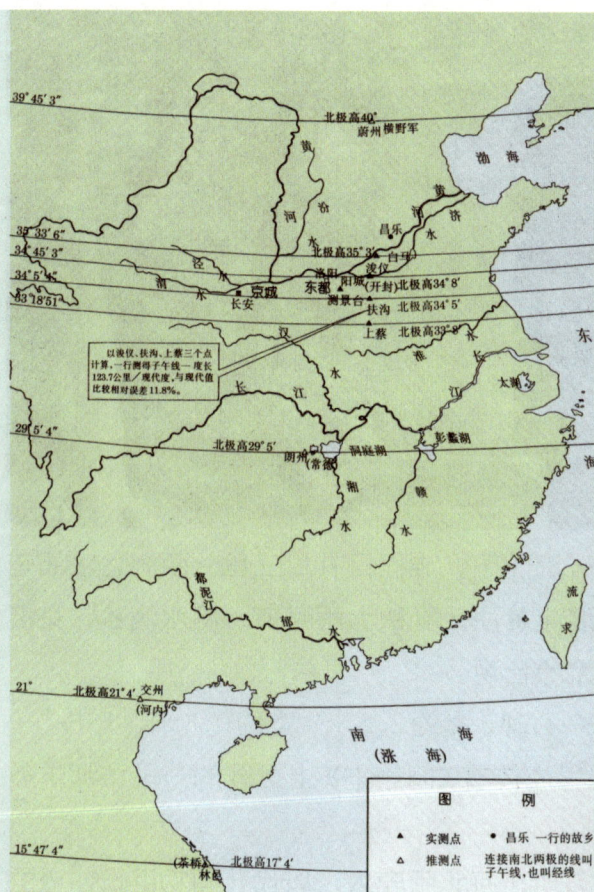

僧一行量子午线 ▶
示意图

通历法和天文，是中国历史上很著名的科学家。

公元712年，唐玄宗取代了武则天即位，中国历史又恢复到了男人执掌天下的时代。唐玄宗得知一行禅师精通天文和数学，就把他召到京都长安，做了朝廷的天文学顾问。

开元九年(公元721年)，因为当时通行的《麟德历》推测日蚀不准，唐玄宗就叫一行禅师研究诸家历法短长，改编新历。一行禅师演算历法时遇到了障碍，他到处请教，总是不得要领。当得知远在江南天台山的国清寺有位精通算学的高僧达真时，四十八岁的一行禅师义无反顾地背起简囊，从春寒料峭的皇城出发了。

这一天，正是连日大雨之后。达真大师正与僧众一起在寺内排筹布算。算着算着，他突然说："今天合当有一位弟子前来求算。"过了好久，达真大师又自言自语："门前水西流，远客

10

该到了！"僧众都感到奇怪，纷纷窃窃私语。就在僧众疑惑的时候，山下的知客僧匆匆跑来禀告达真大师："京都一行禅师到！"达真大师立即率领僧众步出山门，和一行禅师在丰干桥上稽首相见。就在一行禅师刚刚迈上丰干桥的时候，奇迹发生了。只见来自北山的北涧因大雨而涧水暴涨，浑黄的湍流狂泻而下，与来自灵芝峰的西涧清流汇合于丰干桥下，两涧合流，涧水猛涨，下游一时难以泄洪，北涧浊流遂倒流入西涧，滔滔滚滚，漱石拍岸。达真大师站在桥头对僧众说："你们看，一行不远万里来学算法，连流水都为之感动呢。水都能倒流，又何愁历算不成！"从此，丰干桥头就留下了"一行到此水西流"的故事。

达真禅师感动于一行禅师的认真刻苦，将历算绝技全部传授与他。之后，一行禅师又组织人在全国十三个地方设置了观测点，测量春分、夏至、秋分、冬至的日影长，然后根据数据，最终选取了四个观测点作为进一步的观测。在今天看来，这四个观测点基本上同属于一条经线上。一行禅师用他发明的"复矩"测量了这四个观测点距北极星的高度，从一组数据中得出北极星高度的夹角每相差一度的两个观测点之间的距离为351里80步(即129.22千米)，这个数字就是子午线一度的弧长。这与现在计算北纬34°5地方子午线一度弧长110.6千米仅差20.7千米。唐代测出子午线的长度，在当时还是世界上第一次。

一行禅师从公元725年开始编订历法，至逝世前终于将《大衍历》草稿完工。公元728年全国颁行《大衍历》，为后世历法所师。

丰干桥留给后人的神话，充满了深邃的哲理。与人相交，看到的是外貌还是内心？寺众与拾得、寒山子相处多年，却不知道他们原来是菩萨转世，只当是疯僧一般。而闾丘胤面对丰干禅师，又错过了本来可以拜会弥陀的机会。认识一个人如同认识一座桥，貌似看到了它的全部，其实，它的内心，你没有仔细去感悟，又何尝能够明白丝毫呢？

丰干桥对于一行禅师，如同苹果对于牛顿。对于渺小的我们来说，或许不明白这是因缘相逢，还是天人合一，但对于科学家而言，却是倏忽间的灵感在跳动。不经意间的一道灵光，照亮了整个世界。时隔几个世纪，我们不知道是一行禅师用他的刻苦感动了那奔涌而下的溪水，还是那溪水为了给一行禅师更多的启发而改变了航道，我们所知道的仅仅是：当年有一个老僧为了求学算法，横跨大半个中国，从陕西西安走到了浙江的天台山国清寺。

悠悠岁月愁的枫桥

有一座桥，在江山风雨飘摇之际，承载了一个诗人的愁绪。而在千百年之后，它又带给后人无限的追思与缠绵的忧虑。很多人以它为起落点，在一个个孤寂的夜里来到它的身旁，又在它的面前起程，奔赴更加光明的未来。它，曾是一个诗人的落脚之处，又是一个民族深情的凝结点。它就是苏州城外寒山寺前的枫桥。

一千多年以前，辉煌而灿烂的大唐帝国慢慢衰落，唐代兴盛之时的气象已经逐渐消退，在高度的文明之后，一场战争在中国这片土地上蔓延，"安史之乱"（指唐代安禄山和史思明的一次军事叛乱），破坏了唐朝的昌盛繁荣，给整个国家带来了萧条和混乱。

就在那个风雨飘摇的时节，有一个考取进士却因战乱而未曾得到官职的诗人张继，沿着大运河从西北漂流到了江南，足迹遍布会稽、吴郡一带。那是一个深秋的夜晚，举目无亲、无依无靠的张继停船在枫桥旁边。

枫桥位于苏州城外，沿枫江两岸是无数粉墙黛瓦的江南人家，桥的一端就是千年古刹寒山寺。寒山寺始建于南朝梁天监年间（公元502～520年），初名"妙利普明塔院"，唐代高僧寒山曾在此住持，故更名为"寒山寺"。

寒山寺三面环水，枫桥之下就是贯通南北的京杭大运河，沿运河北上就是战乱的前线洛阳了，而张继的故乡襄阳也在河的那

◀ 苏州枫桥

一方。目睹曾经繁荣的大运河，而今变得寂寥萧瑟，月亮在夜色中渐渐西沉，寒霜浸透了整个天空，听着树上乌鸦的啼叫，越发让人感到寂寞与孤单。江畔树影朦胧散开，江中渔灯点点，如星光璀璨。这样的夜晚，一个因躲避战乱而羁旅的游子，担忧国家的安危，怀念家乡的亲人，愁思满怀，难以入睡。

朝廷军队和叛军的鏖战，战乱之后地方经济呈现的一派萧条景象，引发了诗人深切的爱国忧民的悲愤情怀。寂寥的夜里，那种难以割舍的思乡愁绪一点点奔涌而来，充盈着诗人的心胸。秋天原本是一个丰收的季节，却因为战乱让人产生流离失所的感叹。幽寂清冷的气氛让诗人无法入眠，他有如置身广漠无边的黑夜孤独无助，有一种对于人生、理想的茫然感触。

夜半时分，寒山寺传来了钟声，沉重而悠远。夜深人静，冷月西沉，乌啼凄切，霜华满天，在钟声的激荡之下，那些浓烈的愁绪渐渐化开。钟声，代表着问候，更传递着祝福——对于战乱之地长安、洛阳的祝福，对于远方家乡的祝福，还有对国家和平安宁

寒山寺 ▶

14

的声声祝福……

此时，诗人一扫之前的寥落和凄凉，提笔写下一首《枫桥夜泊》：

　　　月落乌啼霜满天，江枫渔火对愁眠。

　　　姑苏城外寒山寺，夜半钟声到客船。

枫桥因张继而名满天下，张继也因枫桥而名垂千古。千年之后，凡是有中国人的地方，就会有人传诵这首《枫桥夜泊》。它隽永含蓄，耐人寻味，就像缓缓而过的枫江之水在轻轻地弹奏着动人的旋律，撩拨着一朝又一朝人的心弦，引得一代又一代的后人去枫桥访古寻幽。登枫桥遥望西南，狮、金、天灵诸山，无限风光尽收眼底；俯瞰运河，百舸争流，浩浩荡荡，气象万千。身临其境能领略诗人笔下的诗情古韵、绵延赤子们对于国家民族的拳拳之心。

枫桥自古就是水陆交通要道，因唐代在此设卡，每当"皇

苏州枫桥 ▲

粮"北运，这里就封河让道，所以枫桥又称为"封桥"。桥下的水流淌着两千五百多年历史文化名城的沧桑。一座平凡的桥，因为承载着一个普通读书人的哀愁而变得厚重起来。那哀愁不只是来自个人前途的渺茫，还有对整个国家的担忧。它演绎的不仅仅是一个孤独旅客的寂寞，还有对战争带来的萧条的感叹。一座原本仅仅是连接两岸的桥，因为有了这许多情感，所以才显得弥足珍贵。

当年张继夜泊时的枫桥早已不复存在了。它历经沧桑，几经毁坏，又多次被修建。今天我们所能看到的枫桥，是清乾隆三十五年(公元1770年)重建、清同治六年（公元1867年）再次重建、1983年又经整修之后的。它全长39.6米，宽6米，跨度10米，为一座单孔石拱桥。它犹如一弯新月横跨于枫江之上，交汇于大运河与古驿道，连接着枫桥古镇与寒山寺。枫桥，宛如古老岁月弹奏的一首歌，给千百年来飘泊迷茫的旅人一些无言的抚慰。面对着江枫渔火、乌啼月落，在夜夜钟声中，一天天、一月月、一年年，传递着人们对平和与安宁的渴望。

枫桥之美，是一种浸润、濡染于中国古代文化的美。离愁、乡愁、国愁融合千年的历史沧桑，陪伴着寒山寺千年的钟声，激荡着中国人的心，也慢慢在中国人心中建起了另一座枫桥。

离愁别绪的灞桥

灞桥在今天陕西西安东北灞水之上。它一直是西安与临潼以东的交通咽喉，历来是西安东部的门户和天然屏障。西安作为中国历史上建都时间最长的古都，建都一千多年，历经十三代王朝。出入西安，必经灞桥，灞桥自然成为战略要地。

灞河原名滋水，是发源于秦岭蓝谷的一条河，横贯西安东部，向北注入渭河。北魏时成书的《水经注》记载，在公元前7世纪的春秋时代，秦国的国王秦穆公打败了西戎国。他为了宣扬自己的武力功绩，彰显自己的霸业，在夺取了西安这块土地之后，将滋水更名为"霸水"，将桥更名为"霸桥"。据说当时

◀ 隋朝灞桥遗址

的霸桥，是一座木梁桥。

所谓梁桥，就是在桥柱或者桥墩上面直接设置水平距离的承托物，然后再在其基础之上架梁。木梁桥，顾名思义就是所设置的梁架为木料。梁桥是我国古代最普遍、最早出现的桥梁，古时称"平桥"。最简单的梁桥就是把木头或石梁架设在沟谷河流的两岸。

公元前3世纪，秦穆公的后代秦始皇灭六国统一了中国。据说，他的军队就是从霸桥上赶赴前线，又经霸桥胜利回朝的。《史记》曾提及，秦始皇的大将王翦去伐楚国，秦始皇亲自送行到霸桥上。遥想当年的霸桥，一定是气壮山河的景象吧！

后来，秦朝分崩离析，中国历史进入了楚汉相争的时代。那时候，刘邦率先由武关攻入关中，攻占秦都咸阳，而后屯兵霸

清道光时（公元 1821～1850 年）▼
建石柱石墩灞桥

上。也就是在霸桥的旁边，刘邦的汉军打败了秦兵，从而瓦解了秦朝。传说，秦二世子婴在霸桥之西向刘邦投降，从而结束了秦朝一统天下、辉煌而短暂的历史。

秦亡之后进入了西汉朝。西汉末年，王莽凭借姑母是太皇太后的身份，操控了整个国家。后来，他又废了皇帝，自己登基，改名"新朝"。也就是在新朝的地皇三年（公元22年），有人在霸桥下生火，不慎失火，导致桥毁，附近居民受到波及，伤亡惨重。大家纷纷认为，这是王莽篡权所得到的天谴。重修霸桥之后，为弥补过错，增加一些吉祥、施行仁道的意义，将桥更名为"长存桥"。

历史的年轮慢慢转动，霸桥上的故事也慢慢转到了隋唐时代。隋开皇三年（公元583年），隋文帝杨坚重修了霸桥，同时将霸水改为"灞水"、霸桥改为"灞桥"。这次重修之后的灞桥采用了石柱石梁结构。据说当时天下只有四座桥是石柱石梁结构，洛阳有三座，而西安只有灞桥。唐代的灞桥，已经是令无数文人魂牵梦萦的地方了。仅《全唐诗》中直接描写或提及灞桥（灞水、灞陵）的诗篇就达114首之多。其后经过历代墨客骚人妙笔的润

19

《灞陵道中》

饰，日久天长，灞桥竟被人们改称为"情尽桥"、"断肠桥"、"销魂桥"。

因为灞桥为长安城（唐代的西安叫长安）通往各地的必经之地，长安的百姓们凡送别亲人与好友东去，都要送到灞桥，然后折柳树枝相送。古往今来，人们就在灞河两岸筑堤植柳，久而久之，灞桥两岸逐渐柳树成荫。古人折柳赠别是大有深意的。因为"柳"和"留"谐音，既表达依依不舍的情感，也寓意人去他乡如柳木随遇而安、发展壮大。后来，这种折柳送别之举得到文人雅士的不断渲染，渐渐变成了离愁别绪和深情厚谊的代言。据说，公元7世纪至10世纪的隋唐时期，灞桥两岸有柳树上万株，是长安城的一道风景。而每当早春时节，上万株柳树孕育而出的柳絮在空中回旋飞舞，宛如飞雪一般，进而有了"灞桥风雪"这道关中美景。

在莺飞草长、梨花盛开的时节，最易滋生离愁别绪了。或许是饱经了数不清的战乱、纷争、运动的缠绕，让我们更能体会那种悲凉的气氛。灞桥的柳树浸染着离人的泪水，它是用真情浇灌的，从而就蕴涵了离别的意味。

说到"灞桥风雪"，不可不提现存北京故宫博物院的《灞桥风雪图》。它是明代著名画家吴伟所绘。画中描绘了一位老者骑着一头驴经过灞桥。背后是山野悬崖，树木凋零，风雪弥漫，而老者则一派悠然自得，似乎正在吟诵诗词。古人说，"诗思在灞桥的风雪中、驴子背上"，《灞桥风雪图》恰好演绎了那段传奇。

宋神宗年间（公元1068～1085年），灞桥被毁重修。元至元三年（公元1266年），山东堂邑商人刘斌来长安经商，回山东时乘坐马车涉水过灞河，财物尽失，商旅同人全都没水而亡，只有他一人脱险。刘斌遂决心在此修建一座石桥。

◀ 西安灞桥原貌

21

后历时二十五年，他克服重重困难，终于建成一座 15 孔的石拱桥。

灞桥几经风雨，屡毁屡修，最后一次大修建是在清道光十三年（公元 1833 年），这次建造的又是一座木梁桥。这座桥长近 400 米，宽约 7 米，历经一百多年仍坚固如初。桥两侧砌石为栏，雕有瓜果鸟兽，蔚为典雅。桥两头建三开门牌楼一座，气势雄伟。每一桥墩都由六根石柱组成，每根石柱用四层石磴叠砌，底部用石盘承托，石盘下打了十一根柏木梅花形桩；六根石柱的顶端放上一根石梁，把六根石柱合成一体，形成了今天所说的石排架墩，这是桥梁史上最早的一种轻型墩。又在桥墩之间和桥墩上下游各 4 米宽的河床内筑有厚约 1 米的白灰三合土护底铺砌，以防止大水冲刷桥基。1936 年，张学良的东北军就是通过灞桥去临潼捉蒋介石的，灞桥也因此成为"西安事变"的见证者。

古灞桥堪称中国古代木、石梁桥的典范。1957 年再次对灞桥进行了改

隋南灞桥桥墩 ▶

建。专家鉴定：原墩完好，不必更换。于是，将上部的木梁改为钢筋水泥桥梁，而下部依然保持石制的排架墩，桥面拓宽为10米。现桥共有64孔，长389米。这也就是我们今天看到的贯通灞河之上的灞桥。今日的灞桥，古柳残存，新柳继发，虽无古时送别的动人情景，却也另有一番热闹景象。

1994年，灞桥附近的农民在河底作业时，无意中挖出几座桥墩，后经专家鉴定，乃隋代的石拱桥墩。这可是一个惊人的大发现，被列为当年全国考古十项重大发现之一。隋代的石拱灞桥是中国已知时代最早、规模最宏伟、桥面跨度最长的一座大型多孔石拱桥。可迫于当时的技术水平，文物部门只好进行回填式保护。然而，2004年，一场洪水又将石墩冲了出来。青石衬底的11个桥墩一字形排列，还配套有巨龟昂首的造型、蛟龙飞舞的图腾石样，每个桥墩宽约3米，桥墩与桥墩之间相隔6米，东西横跨灞河约80米。这些桥墩因为在今天的灞桥之南，所以被称做"隋南灞桥"。以现在的残迹去揣测当年的景象，真是蔚为壮观了。

在千百年的风雨当中，灞桥慢慢品味着离愁别绪的滋味。离别，是为了下一次相见。

而灞桥，承载着那么多的伤感，又迎接着那么多的喜悦……

■ 西湖断桥

风去桥亭古——桥的传说故事

当年，尾生和一个女子相约桥下，女子未至，洪水涌来，尾生抱柱而死。后来，裴航与云英相遇桥驿，两人成就了美满婚姻，又升仙而去。似乎，蓝桥注定了爱是一场非凡的经历。而断桥，则用它优美的神话故事赋予了整个西湖一种另外的美。

爱你无悔的蓝桥

风靡全球近半个世纪的美国电影《魂断蓝桥》中的爱情，让一代又一代的人为之感叹。那美丽而忧伤的故事发生在英国泰晤士河上的滑铁卢桥。中文之所以把此桥翻译成"蓝桥"，是因为在古代的中国曾有一座蓝桥，同样让后人为之萦系于怀，感悟生命中爱的永恒。而蓝(blue)，这个词在英文中还有几许忧郁的意味，正契合了剧中有情人不得相守的怅然愁绪。所不同的是，电影中展现的是一个把生命留在桥上的女人，她把自己的爱情、信念和灵魂一同埋葬在这座桥上，而中国传说中的人物却是一个痴情的男子。

尾生是中国历史上第一个有记载的为情而死的男青年。事见《庄子·盗跖》篇："尾生与女子期于梁下，女子不来，水至不去，抱梁柱而死。"

中华文化丛书
ZHONGHUA WENHUA CONGSHU

中国古桥

这是一个流传在中国的古老的爱情故事。故事讲的是：公元前500年～前300年间，与诞生了柏拉图等哲人的古希腊文明同一时代，正是中国的战国年间。有一个叫尾生的小伙子，与一个姑娘约会，约会的地点在一座桥下。那个姑娘不知道什么原因没有前来，而偏偏那天突然发了大水，尾生为了坚守约定、不失信于姑娘，一直抱着桥柱不肯离去，最终被大水淹没而死。

　　这个故事从公元前一直流传到今天，而尾生这个傻乎乎的小伙子也逐渐成为中国传统文化的代表人物。他被认为是诚信的偶像，受到无数后人的顶礼膜拜，被后人誉为有情守信的典范。不见不散，尾生为了信守诺言抱柱而死，将中国传统文化中的"信"字发挥到了极致。

蓝桥遗址 ▶

　　而这座承载着爱情与信义的桥，据《西安府志》记载，它位于陕西蓝田县的兰峪水东南25公里的蓝溪之上，称为"蓝桥"。古老的蓝桥早已毁圮，现在古蓝田关驿不远处有一巨石，上刻"抱柱处"三个隶书大字，记载了这段凄美的爱情传说。

　　蓝桥位于蓝田、商洛之间，是交通要

津。那时，来往于都城和长江、珠江流域的人们，除军人外，还有行旅商贾、云游僧侣、苦力脚夫、得意新僚、失宠贬官，以及寻幽觅古的文人学士等，因而沿途曾设多处驿站。蓝桥所在地的驿站，就叫做蓝桥驿。

到了中国古代最繁盛的唐代，蓝桥驿又发生了一个有关爱情的故事。唐代裴铏所作的小说《传奇·裴航》里写到，有一个名叫裴航的秀才，科举落第，就寄情山水，到处游历，以排遣心中的苦楚。一天，在去湘汉的船上，同船有一位樊夫人，长得国色天香，美丽绝伦。可裴航只听到她说话，却没有机会见面。于是，他写了一首诗，贿赂了她的侍女拿去送给樊夫人。诗的大意就是想见她一面。樊夫人看到诗之后，约裴航见了一面，说明自己乃有夫之妇，并回赠了一首诗。奈何，裴航却不理解诗中含义。等船到襄汉，樊夫人和她的侍女不辞而别，从此杳无音信。裴航寻找了很久，也没有再见到樊夫人。

后来裴航再次赴京赶考，依然落第，心灰意冷之际，他路过蓝桥驿，遇见一位织麻的老婆婆。裴航非常口渴，想要一口水喝。于是，老婆婆就呼唤了一声："云英，拿水来，公子想要喝水。"听到"云英"二字，裴航猛然一惊，他突然想到樊夫人留赠给他的诗中，也有"云英"二字，莫非指的就是这个女子么？那位名唤云英的女子捧了一瓯水给他，那水甘甜如玉液。裴航再看云英姑娘，更是姿容绝世，芳丽无比，十分喜欢，很想娶云英姑娘为妻。老婆婆说，自己染上了一种怪病，昨天有一个神仙来，给了一些药，但说明一定要用月宫中玉兔捣药的那个玉杵臼捣碎才可服用，而且只有百日的限期。要想娶云英，就必须以玉杵臼为聘礼，而且为老婆婆捣药一百天才成。

捣药壶中 ▲

　　裴航答应了老婆婆的要求，返回长安，在曲坊闹市等热闹的地方大声询问有没有人知道玉杵臼的下落。不管认识不认识，他逢人就问，很多人都觉得这个人是个疯子。这样过了有一段日子，一个老翁跟他说，药铺的卞老好像有个玉杵臼想卖。他找到卞老，表示愿买玉杵臼。但卞老要价很高，裴航把所有的钱加在一起还不够，不得已又卖了货物与马匹，才凑够了卞老所要的钱。

　　当他手捧杵臼来到蓝桥驿的时候，他已经一贫如洗，身无分文了。老婆婆见裴航既守信用，又为了爱情而不惜钱财，很受感动。之后，裴航又用了一百天来捣药，希望早日捣好药治愈老夫人的病。他的虔诚感天动地，还引来了月宫里的玉兔帮忙，终于在规定时间里，他捣好了药，给老婆婆服下。老婆婆服药之后，让裴航在那里稍候，她和云英进到山里。不一会儿，就有豪华的马车来接他，把他接到一个富丽堂皇的宫殿里，在那里他和云英举行了婚礼。婚礼上，他见到了当时在船上邂逅的樊夫人云翘，原来她就是云英的姐姐。婚后，裴航与云英双双入玉峰，成仙而去。

这个裴航，可算得上是个有情有义的男人。他用自己的真心真意换来了爱情。他千金散尽购来玉杵臼，又不辞辛苦捣药百日，方才迎娶云英，其间所受的委屈、苦难，使这个爱情故事更加温馨感人。中国古代传说中的神仙很多，但似乎只有裴航被赋予了一个很好听的名字——情仙。

连"情仙"都在蓝桥边得到了爱情，那蓝桥自然也就成为一个爱情的圣地了。

美国式的"魂断蓝桥"，反映了爱情在战争面前的无力与无奈。而中国式的"魂断蓝桥"，则承载了中国男人对于爱情的一种态度，一种可以为其生为其死、为其劳累奔波甚至赴汤蹈火在所不辞的态度。

缠缠绵绵的断桥

一段西湖梦，千年断桥情。

西湖之美，美在动静皆宜。安静时，山峦如黛，花如美人面，拂过的清风像醇醇的美酒一样醉人，平静的湖水好像一块碧绿的绸缎；而当天上的雨水和地上的湖水连成一片的时侯，又是另外一番景象。天上人间的水好像都汇聚到了一起，缠缠绵绵，朦朦胧胧，而又意犹未尽。那雨如同一道道珠帘，让爱情在其中上演。就好像是在断桥，许仙初遇白素贞的时候那样吧！

提到断桥，在中国，不论男女老幼，不管是否去过杭州西湖，都能说出个大概来。流传千年的白素贞与许仙的爱情故事就开始于断桥之上。

传说，那是在南宋的绍兴年间（公元 1131～1162 年），大约是 12 世纪初。那是一年的清明，也是一个飘雨的季节，西湖沿岸，踏青者络绎不绝。早上还是晴朗的天空，突然之间，电闪雷鸣，风雨大作，接着便暴雨倾盆。这时候有一个名叫许仙的药店伙计走过断桥边，没有带伞的他无处躲雨、狼狈万分。正巧一条船飘荡在风雨之中的西湖之上，此刻船正慢慢向断桥驶来。船家邀请许仙上船暂且避避雨。待许仙进入小船，才发现船中还有两位漂亮的女子。那身着白色衣服的女子名叫白素贞，另外一个穿青色衣服的女子叫小青。

杭州西湖断桥 ▶

交谈之中许仙得知，白素贞与小青因父母早亡，姐妹俩相依为命，住在钱塘门边。白素贞获悉许仙乃药店伙计，也是父母早亡，家中只有一姐，且早已出嫁。风雨之中，断桥之下，冷涩涩的雨后，暖融融的船内，清秀俊朗的许仙与贤淑美貌的白素贞互生情愫。

船停靠岸，许仙借了白素贞的伞回家，后又上白府还伞，几次往来之后，这桩姻缘也就定下了。终于，白素贞与许仙正式结为夫妻。婚后，白娘子盘算，许仙不能总当伙计，于是她拿出自家的银两，想帮助许仙开一家药店，让许仙当店主。奈何，药店还没开张，捕快却先抓了许仙，告他偷盗库银。许仙屈打成招，被判退还府银，发配镇江。

许仙到了镇江，某日在街上偶遇小青，才得知白素贞为寻找他而流落苏州。两个人再度重逢，自然满心欢喜。白素贞再度出钱给许仙开了一家药店，名叫"保安堂"。因为许仙医术高明，药材好而收费低廉，加之白娘子时常救济孤寡弱小，一时之间，保安堂名声大振。

清明之后是端午，在江浙一带，端午节家家要插艾草，饮

《白蛇传》▲

雄黄酒，凡有水域的地方还有赛龙舟的活动。传说，雄黄酒有驱邪消寒的作用，端午之时，正值各种毒物繁衍之际，饮用雄黄酒可以保身体平安。

这一天，许仙自然也买了若干酒回来，自己的店里有现成的雄黄，兑在酒里，打算与白素贞同饮。奈何说来说去，白素贞就是不肯饮用。许仙不禁有些奇怪，又见小青一直没有露面，就问娘子是什么道理。白素贞见许仙起疑心了，只得喝下雄黄酒，不想，一杯下肚，她就腹痛难忍，只好卧床休息。许仙一个人喝了一会儿酒，想去看看娘子病痛如何，掀开帐幔一看，竟然发现床上盘踞着一条硕大的白蛇，白蛇正扭曲抖动，吐着腥红的信子。许仙立即惊吓而死。

原来，白素贞乃西湖水下修炼千年的白蛇，而小青乃是拥有五百年道行的青蛇。白素贞与小青两蛇斗法，小青输了五百年道行，自然不是白蛇的对手，于是认她做姐妹，两人一起在西湖水底潜心修行，只为成仙。经观音菩萨点化，白素贞想起之前曾有救命恩情未还，于是，小青陪同白素贞返回人间，寻找当年救了白素贞一命的恩人。

那恩人已经几世轮回，投胎许家，他就是许仙。原本白素贞只是想偿还许仙一个愿望，帮助他开家药店悬壶济世。但她的法术尚不能变出人间通用的货币——白银来，因此派了小青去偷盗府库中的银子。没想到，许仙对白素贞一见钟情，竟然情不自已。而白素贞又在与许仙的一来二往中，逐渐被许仙的真诚所吸引，竟渐渐爱上了他。报恩，也就变成了以身相许。

原本想这样恩恩爱爱过下去，没想到却还是一不留神就显出了原形。白素贞懊恼不已，她知道人间的草药对许仙已经无效，只有昆仑山的灵芝仙草方可救他。但昆仑山的仙草，又岂是寻常人可以采摘的呢？白素贞救夫心切，顾不得许多，远赴昆仑山盗取仙草，被看守仙草的鹤童、鹿童截获并欲施刑罚。还是好心的南极仙翁被白素贞的救夫真情所感动，让二童放素贞取仙草回去，许仙也因得到仙草而复活。这仙草终于留在人间，它就是生姜。

镇江有一座金山寺，寺中主持法名法海，乃白素贞的宿敌。

◀ 《白蛇传》中的白素贞

33

法海眼见保安堂生意兴隆，昔日的仇家白素贞生活得有滋有味，十分不满。一日，法海下山找到许仙，对他说他家中有蛇妖。许仙想到端午节那天在床上的白蛇，也感到不安。于是，法海趁机挑拨，扣许仙在金山寺住下，不让他回家。白素贞见丈夫去金山寺烧香竟然三日不回，便上山去找许仙。法海不允许仙回家，白素贞一怒，与小青率众水族涨水淹金山寺。法海见状，就用禅杖放在门口做堤坝，挡住汹涌水势。如此，水高一尺，堤高一丈，不一会儿的工夫，水已经淹没全城了，但是白素贞依然奈何不了法海。白素贞与小青只好回转西湖准备再行修炼。

在白素贞水漫金山寺的时候，许仙因思念娘子，趁乱跑了出来。在杭州断桥，也就是白素贞与许仙第一次相遇的地方，许仙又遇到了白素贞。但同上次的风华绝代不一样，这次的白素贞憔悴了许多。小青为姐姐怨恨许仙，心中大怒，要杀了他，被白娘子用身体拦下。许仙表示悔过，并说不管是人还是妖，他的娘子都是天下最好的女人！一语化解了所有的误会和积怨。终于，白素贞和许仙夫妻又团聚了。

三人一起到许仙的姐姐家安顿下来，不久之后，白素贞生下一个男孩，取名许仕霖。许仙高兴至极，跑前忙后。为孩子过满月的那天，法海又来了。原来，法海算好了白素贞生下孩子之后将功力大失，打算趁这个机会来收拾白素贞。果然打斗了几个回合之后，白素贞大败，被扣在金钵之下。奈何小青法力浅薄，不是法海的对手，白素贞劝小青先去深山修行，日后再来为姐姐报仇。

法海收了白蛇之后，把钵埋在西湖之滨，建塔镇住，取名"雷峰塔"。许仙感念夫妻之情，将孩子交给姐姐抚养，自己毅

然剃度出家，只为可以清扫雷峰塔，日日陪伴白娘子。

日子悠悠而过，转眼间二十年过去了。许仙与白娘子之子许仕霖已经长大成人，而小青也修炼成功返回人间。小青告诉许仕霖前因后果，并说只有他高中状元亲往雷峰塔拜祭，以孝感天，方可救出白素贞，免去她被镇在塔下之苦。许仕霖不负众望，果然高中状元，救出亲娘，一家团聚。

法海获悉白素贞出塔，跑到西湖底下躲藏起来。白素贞与小青抽干西湖之水。湖底朝了天，法海和尚东躲西藏，找不着一个稳当的地方。最后，他看见一只大螃蟹的肚脐下有一丝缝隙，就一头钻了进去。法海和尚被关在螃蟹肚子里，从此再也出不来了。至今，人们在吃螃蟹的时候，还能在蟹壳当中看到"蟹和尚"，据说这就是法海呢。

千百年来，人们盛传雷峰塔的塔砖有捍卫、巩固爱情的妙用，于是许多朝拜雷峰塔的香客，往往在烧香之后偷偷拆一块塔砖带回家去。日复一日，有一天雷峰塔终于轰然倒塌，而断

西湖断桥 ▲

桥却依然风情旖旎。一场人与妖之间的爱情，流传千古，在西湖一带的山水之间，在人们的心中，永远不会离去。

《白蛇传》不只是神话，还是人们对一种最唯美的爱情的向往。断桥，白娘子与许仙在此雨中相逢，借伞定情；又在此邂逅重逢，言归于好。断桥因此成为情人之桥，成为一场爱情的见证者。它让瞬间变成了永恒。断桥之上的一次邂逅，让一颗冰封了千年的心为一个平凡却满心痴情矢志不渝的男子而融化。纵然百转千折，纵然阻力重重，但分不开的始终是那两颗相爱的心。这份爱情，自然、纯粹，所以流传千古。

"断桥"这个名字的来源有很多种说法。一说孤山之路到此而断，故名；一说段家桥简称"段桥"，谐音为"断桥"；一说古石桥上建有亭，冬日雪霁，从山上远眺，桥与堤貌似断裂，得名"断桥残雪"。不论哪一种说法，真正让断桥留在人们心中的还是白娘子与许仙的故事。

　　现在的断桥建于1921年，是一座拱形独孔环洞石桥，1941年改建过，20世纪50年代又修饰过。桥东有清康熙帝题景碑亭，亭侧建水榭，题额为"云水光中"。想象一下，三月天的西湖，断桥像一条美人的腰带，横在碧波当中；而冬日的断桥，正值大雪纷飞，湖上雾气弥漫，一点点地凝结而成白色的世界。远处的山被一只只飞掠而过的大雁的身影所遮挡，虚虚实实、若隐若现，该是多么赏心悦目啊！

《卢沟运筏图》（元）

人在苍龙背上行——桥与战争

桥不仅仅只是一个交通的载体，它还是某些战役的发生地。它见证了中国历史上一场场波澜壮阔的风云际会，它也因此而满身沧桑、富有风情。

刀光剑影小商桥

河南省临颍县的小商桥，是一座单拱敞肩的古拱桥，从隋开皇四年（公元584年）修建，宋、元、明、清历代均有修葺。最大的一次修建是元大德年间（公元1297～1307年）。这座桥长20.87米，宽6.67米。大拱净跨11.6米，矢高2.13米；小拱净跨2.13米，矢高1.2米；两岸小拱间距20.2米，主拱和小拱均由20道拱石并列砌筑而成，券面石浮雕有天马、彩云、云龙、狮子、莲花、牡丹和三角形等图案，拱券的上端雕有蚣蝮（传说

中华文化 丛书
ZHONGHUA WENHUA CONGSHU

中 国 古 桥

▼ 小商桥大小拱券衔接及拱肋上的浮雕

中的吸水兽）；桥墩下部四角有金刚力士像浮雕，双肩扛拱，双手上托，大小在 0.3 米左右。小商桥被认为是"世界桥梁史上珍品中的精品"。

中国桥梁专家茅以升先生 1992 年 9 月派出三人考察团到小商桥考察，得出了这座小商桥要比中国现存最早的石拱桥——河北安济桥的建造时间更早的结论。

小商桥，因为商王曾从此地经过，故而得名。但真正让它流芳百世的，却是一位名叫杨再兴的宋国将军。

公元 12 世纪，中国大部分的领土已经被女真人所创建的金国所占，宋朝只能偏安一隅，退守江南，历史上称为"南宋"。然而，虽然拥有北方大片土地，女真人却不善于耕作，不像江南的富裕依然让南宋王朝可以歌舞升平。眼看着江南一块沃土在宋朝的手中，金国自然并不甘心。

宋高宗绍兴十年（公元 1140 年）7 月上旬，金国的统治者金兀术撕毁"绍兴和议"，打破之前两国签订的和平协约，再度对宋朝发动大规模的战争。金兀术率龙虎大王等 15000 名兵士

小商桥全景 ▶

40

直袭郾城，遭到宋朝大将岳飞的有力抗击。

岳飞，是家喻户晓的抗金英雄。他品行高洁，文武双全，一心想收复被金国占领的中原大地，是南宋抗金的主要力量。从12世纪20年代起，在黄河南北、两淮之间，掀起了轰轰烈烈的抗金民族战争。岳飞和抗金名将宗泽、韩世忠等一道，始终站在抗金斗争的最前线。

▲ 岳飞像

岳飞率军在河南郾城将金兵打败之后，双方又激战数十次，金兵依旧不退。岳飞帐下大将杨再兴单人一马杀入敌人阵营，想要生擒金兀术，却被金军围住。杨再兴扬起神威，一杆银枪如蛟龙出海，连挑金兵金将数百人后又驰归本阵。一场血战之后，杨再兴杀了数百名金军士兵，自己也受了好几十处伤，血几乎浸透了战袍。由于岳家将士的拼死血战，这场战役终于获得全胜，历史上称为"郾城大捷"。

面对南下的层层阻力，金国首领金兀术勃然大怒，7月中旬又集中了12万军队，妄图挽回败局。当金兵行至临颍（在河南中部，郾城以北）小商桥时，与杨再兴率领的300轻骑兵遭遇。在这场众寡悬殊的遭遇战中，杨再兴率众奋勇冲杀，刺死金军万户长撒八孛堇、千户长与百户长100余人，杀敌2000多人。可惜，杨再兴对临颍一带地形并不熟悉，不小心战马陷入了小商河的泥潭里不能自拔，金兵趁势乱箭齐发。金兵的箭就像飞蝗射来，杨再兴身上每中一枚敌箭就随手折断箭杆，继续杀敌，但最终还是寡不敌众，以身殉国。后来人们找到杨再兴的尸体，发现他全身所受的铁箭头，加起来竟然有两升之多。这一战打得可说是石破天惊，风云变色，令无数后人深深为之震撼！

据说，江西吉水人杨再兴原本为流寇曹成部下，岳飞在征剿曹成的时候将其收服。岳飞没有因为杨再兴曾在战场上杀死自己的弟弟岳帆而怀恨在心，反而念其英勇，将其收为部下，亲自为他松绑，带领杨再兴抗击金兵。杨再兴在归顺岳飞之后，果真忠肝义胆，奋勇杀敌。杨再兴壮烈牺牲之后，岳飞感念杨再兴的报国忠心，亲往小商河痛悼，将杨再兴尸骨葬于小商桥东半里的河北岸，并用枪尖在岸边石头上刻下"杨再兴之墓"五个大字，以资旌表，世称"忠墓"。

自古英雄惜英雄，若非岳飞具有大将风度与爱才之心，则历史上也就没有这个悲壮英勇的猛将杨再兴。在那个冷兵器战争时代，单枪匹马闯入敌军阵营进行搏杀，无疑是壮烈的。杨再兴在敌我双方兵力悬殊的情况之下，毅然闯入敌阵想要捉拿对方首领，恐怕历史上也是绝无仅有的了。而小商河一战，杨再兴背负着两升的箭头，竟然还可以杀敌不止，直到力竭血尽而亡，其骁勇刚烈自然也是天下少见。身为虎将，战死沙场，杨再兴用他的行动告诉了世人什么叫真的猛士！

1994年小商桥全面维修之前，在小商河故道上下游800平方米的范围内进行考古挖掘，出土了大量宋代的刀、枪、箭镞等兵器，从而证明了小商河之战的惨烈。

一座始建于公元6世纪的隋代古桥，历经着几朝几代的风云变幻，却依然默默坚守着自己躯体之下的小商河，守着忠肝义胆的杨再兴的墓园，也见证着中华民族勇敢顽强的精神。小商桥，以其优美的桥身与厚重的历史，传递着古人与现代人不变的爱国之心。

卢沟桥的狮子数不清

　　卢沟桥，它的名字为很多人所熟知，因为在那里拉开了中国全面抗日战争的序幕。1937 年 7 月 7 日夜，驻华日军扬言一名士兵失踪，要求进宛平城内搜查，并鸣枪示威。中国方面表示可以代为查找，拒绝日军入城。日军却在当夜炮击宛平城，并调兵一营偷渡到河西，从东西两面夹击卢沟桥。中国守军第二十九军第三十七师第二一九团在团长吉星文带领下奋起抵抗，

◀ 宛平卢沟桥侧影

43

整修后的卢沟桥 ▶

用他们的大刀谱写了一部英雄的传奇。"愿与卢沟桥共存亡"的战士们抱定了牺牲一切的决心，给侵略军以猛烈回击，也让卢沟桥的名字流传在中国现代史与第二次世界大战的史册里。卢沟桥事变亦称"七七事变"，是日本帝国主义发动全面侵华战争和中国全国性的抗日战争的开始。

目睹枪炮弹火、历经苍桑的卢沟桥至今依然挺立在北京市郊的宛平城外，那些至今保留的枪炮痕迹见证了那场战争的残酷，也见证了第二次世界大战侵略军带给被侵略国的沉重灾难。

在"七七事变"之前，卢沟桥以石狮子众多且形态神采各异而闻名。关于卢沟桥上的石狮子到底有几个，说法不断在变化，实在很有趣。老北京曾有句流行很广的谚语："卢沟桥的狮子——数不清。"桥上的每根望柱顶端都刻有一个大狮子，它的身上攀附有或藏或露的小狮子，形态各异，几乎无一雷同，有的狮子背上、腹下、爪边甚至毛发里都有小狮子。1961年经考古人员勘察，数出卢沟桥上的石狮子总数为485只，后来增加到492只；1983年又经过一次清点，得数是498只；而最新的数字是卢沟桥上有502只大小石狮子。然而，是否还会在502只的基础之上又发现一些未曾注意到的小狮子，恐怕没有人能够保证吧？

传说当年有位县太爷，听说石狮子数不清，他不信，就命令部下去数石狮子究竟多少，可部下们数了很久也没有数清。县太爷勃然大怒，带了几个随从亲自跑到卢沟桥来了。一到桥上，县太爷就傻眼了。他发现满桥都是活蹦乱跳的真狮子，哪里数得清啊！传说固然不可信，但却道出了卢沟桥的石狮子雕刻得有多么逼真了。

著名建筑学家罗哲文先生在《名闻中外的卢沟桥》一文中曾对这些雕刻精美、神态活现的石狮子有过极为生动的描绘："……有的昂首

▼ 卢沟桥旧桥面遗址

挺胸，仰望云天；有的双目凝神，注视桥面；有的侧身转首，两两相对，好像在交谈；有的在抚育狮儿，好像在轻轻呼唤；桥南边东部有一只石狮，高竖起一只耳朵，好似在倾听着桥下潺潺的流水和过往行人的说话……真是千姿百态，神情活现。"

卢沟桥下曾是波涛汹涌的永定河。永定河是北京地区最大的水系，发源于山西马邑县的雷山，流经北京西北卢师山西面，所以这条河又叫"卢沟"，或称"浑河"，北京城即建立在它的冲积扇层上。桥因河而名，也才有了"卢沟桥"的名称。

老北京还有一首儿歌："大青不动，二青摇，三青走过卢沟桥。"这又是怎么回事儿呢？

传说，北京古城乃刘伯温所建。刘伯温，浙江青田人，是明太祖朱元璋的军师，也是明代的开国功臣，因为他智慧过人，所以被民间百姓渲染成了一位活神仙般的人物。传说刘伯温在修建北京城的时候，听说房山县上方山上有三块分别得道一万年、五千年、一千年的大青石，能降龙伏虎。刘伯温想，要是能有这样的神物来镇守北京城，那自然很棒啊！于是，他过了卢沟桥，来到了上方山。刘伯温在三块神石前，摆好香花、神礼，恭恭敬敬地请三位神石下山。可神石都没有理他，谁也没动，三块石头谁也不想离开家嘛。刘伯温一看，香花、神礼都送你们了，你们还不动，叫你们看看本军师的厉害！他就对衣袖里的天兵天将说："有劳诸位，把三块石头赶到北京城，解救黎民于水火，玉帝一定加封各位。"天兵天将各舞刀枪围住三块神石，大青仍然一动不动；二青被吓得动弹了几下；三青道行浅抵抗不住威吓，只得随刘伯温下山去了……

这时候，在卢沟渡口的龙王听说刘伯温请了三青下山，龙

王一想：三青能降龙伏虎，这不是对付自己跟自己的兄弟么？那还得了！为了阻止他们进城，龙王连夜在卢沟渡口旁修建了一座"蝎子城"，蝎子尾巴就是卢沟桥；而蝎子身体则是卢沟桥东边的肥城，肥城东门外的两口井就是蝎子的眼睛；再东边一点儿，有南北两座小土山，那就是蝎子的两只大前爪。龙王将蝎子城修好之后，刘伯温跟三青石也正好赶到了卢沟河畔。刘伯温好不容易赶着三青过了卢沟桥，没想到蝎子尾巴斜着甩过来，一钩子就把三青蜇在城南永远也不能动弹了。从此城南就有了一块大青石，人们也就把宛平城叫"蝎子城"了。

　　传说归传说，其实宛平城始建于明崇祯十一年（公元1638年），初名拱极城，东西长640米，南北宽320米，是华北地区保存较完整的一座卫城。宛平城城墙上至今还留有当年日本侵略军留下的累累弹痕。1987年7月7日，为纪念抗日战争爆发

宛平城抗日战争纪念馆 ▲

五十周年，中国人民抗日战争纪念馆在宛平城内落成开馆。

金代以前，卢沟桥这个地方只是永定河上许多渡口中的一个，河上只有简易浮桥。而卢沟桥则始建于12世纪。金朝在北京建都后，金世宗大定二十九年（公元1189年）六月，下令造石桥，金章宗明昌三年（公元1192年）三月建成，定名"广利桥"，后改为"卢沟桥"。

桥全长266.5米，桥面宽度为9.3米，桥身用巨大的白石砌成，11个拱圈，中心孔最大，两侧逐渐收小。永定河历来洪患严重，有"无定河"之称。春季又有流冰的危害，因此该桥在筑墩工程上，不仅要考虑"扎根"牢固，能承受单边巨大推力，而且要顾及夏泄洪水。根据水情，卢沟桥砌筑了 10 个长达 5 米左右、平面呈船形的桥墩，迎水的一面砌成分水尖。每个尖端安装着一根边长约26厘米的三角铁柱，以其锐角迎水、迎冰。这是为了保护桥墩，抵御洪水和冰块对桥身的撞击，人们把三角铁柱称为"斩龙剑"（或称斩凌剑）。在桥墩等关键部位以及石与石之间，用银锭锁连接，以互相牵制牢固。在12世纪，中国就已经有了那么杰出的科技创造，不能不让人感叹啊！

1290年，意大利旅行家马可·波罗在见到卢沟桥之后，惊奇万分，盛赞它是"世界上最好的、独一无二的桥"。他在《马可·波罗东游记》中写道："自从汗八里城（即元朝首都大都的皇城）发足以后，骑行 10 里，抵一极大河流，名称普里桑干（卢沟桥也称作"桑干桥"）。此河流入海洋，商人利用河流运输商货者甚伙。河上有一美丽石桥，各处桥梁之美鲜有及之者。桥长三百步，宽逾八步，十骑可并行于上。……桥两旁各有一美丽栏杆，用大理石板及石柱结合，布置奇佳。登桥时，桥路较桥顶为宽。两栏整齐，与用墨线规划者无异。桥口（两方）初有一柱甚高大，石龟承之，柱上下皆有一石狮。上桥又别见一美柱，亦有石狮，与前柱距离一步有半。此两柱间以大理石板为栏，雕刻种种形状。石板两头嵌以石柱，全桥如此。此种石柱相距一步有半，柱上亦各有石狮。既有此种石栏，行人颇难落水。此诚壮观，自入桥至出桥皆然。"因而在西方，卢沟桥又被称为"马可·波罗桥"。

北京地处华北平原、东北平原以及内蒙古平原的交界处，

◀ 卢沟桥铁柱基础

卢沟晓月碑 ▲

三个地区的交通与交流都必须通过北京。卢沟桥所在的位置理所当然就成了必经之处。商旅、公差、赶考的考生等，大都要在这里留宿一夜，第二天黎明再赶路进京。因此，卢沟桥又平添了些许悲凉的心境。送行的人久久不忍离去，在旅店秉烛而谈，看到长桥的晓月，照耀着永定河的河水，波光粼粼的倒影中显现着每个人悠长的人生。或许，这就是燕京八景之一——"卢沟晓月"的迷人之处吧！

八百多年来，卢沟桥经历了无数的风风雨雨，举世无双的它曾陪伴北京城度过了三百多万个日日夜夜，见证了北京城的屈辱与悲愤、繁荣与辉煌。如今，在卢沟桥的旁边又兴建了几座大桥，年迈的卢沟桥现在已经"光荣退休"，成为一个旅游景点，不用再承受东西交通的重任，可它依然默默地守卫着北京城，等待着更多的人去看望它。

　　集科技、人文、艺术、战争于一体的卢沟桥，给予人们的想象与记忆是如此丰富，乃至每一个层面都厚重得像一本辞典。想要读懂卢沟桥，是否需要再过八百年呢？

河北苍岩山楼殿桥

桥形遥分七星势——桥的技术

中国古桥拥有世界上最先进的科学技术。安济桥在世界上最先采用了矢跨比较小的圆弧石拱，来代替常用的半圆形拱，开创世界敞肩型拱桥之先河。洛阳桥跨海而立，首创种植牡蛎保桥法。楼殿桥一桥飞架两山，凌空之势绝然。而十字桥则从古画中走出来，描绘出佛国的仙境。

隋代第一安济桥

安济桥，坐落在河北省赵县城南洨河之上，赵县古称赵州，所以安济桥又被称为"赵州桥"，当地俗称为"大石桥"。安济桥是当今世界上跨径最大、建造最早的单孔敞肩型石拱桥，也是中国现存最早的石拱桥。它拱

中华文化丛书
ZHONGHUA WENHUA CONGSHU

中 国 古 桥

▼ 赵县安济桥侧面

上加拱的"敞肩拱"的运用，为世界桥梁史上首创。1991年，美国土木工程师学会将安济桥选定为第十二个国际土木工程历史古迹，树立了碣碑，并赠送了铜牌。

安济桥充满了艺术与创造，是隋代留给世人的一座神桥，也是天下敞肩桥的模板。安济桥凭借它穿越千年的建筑形制，使人们为之惊叹与折服。

安济桥全长64.4米，跨径37.02米，弧矢高（从拱顶到拱脚水平线的垂直距离）7.23米。它大约建造于隋开皇六年至大业二年（公元586~606年），至今已经有一千四百多年的历史。它是一座单孔弧形石桥，由28道石拱券纵向并列砌筑而成。现代桥梁通常采用的是罗马式的纵联砌法，而安济桥所采用的则是巴比伦式的并列砌券法。这种砌法的好处，是便于日后维修桥梁，即便有一道拱券坏了，也不会影响桥梁的使用。

桥梁工程上一般把主拱肋与桥面之间的部分叫做"桥肩"，顾名思义，就好像桥的肩膀一样。安济桥的桥肩上用四个挖空的小拱"敞开"了，所以这种模式被称为"敞肩型"。这种建造方式，不但能节省材料、减少桥身的自重，而且能够在洪荒时增大流水的通道，保护桥使它不会被冲垮；同时，在大拱之上建造小拱，减轻对大拱的被动压力，增强了桥身的稳定性。安济桥"敞肩拱"的运用，是世界建桥史上划时代的创举，对世界后代的桥梁建筑有着十分深远的影响。1883年，法国在亚哥河上修建安顿尼特铁路桥，开创了欧洲建造大跨度敞肩型拱桥的序幕，但它比安济桥晚了一千一百年。

以前所建的石拱桥，多采用半圆形拱。拱券高则桥面必然很陡，不利于行人车辆行走。但是安济桥是水陆交通的要道，车水马龙，络绎不绝，倘若采用半圆形的拱券，则行人车辆十分不便。而洨河中的行船要从安济桥下通过，桥的拱券要大，才能让船平安驶过。为此，安济桥运用了小于半圆的弓形"坦拱"，它的矢高与跨度之比约为1：5，既保障了行船通行，又使桥面坡度平缓，便于行人车马通过。从工程上看，拱弧越低，结构和基础处理越难；从造型上看，弧度越缓，曲线的力度越大，越显得雄伟。因此，安济桥不论是工程还是造型，均为上乘之作。

隋代兴建的安济

▼ 安济桥雕龙栏板

桥，桥面分为三部分，中间走车马，两旁是人行道。车马道两边筑有拦马石，以确保行人安全。后来重修时，把拦马石和车马道垫平了。我们今天看到的安济桥，已经改为平坦宽敞的统一桥面了。试想一下，在一千四百年之前，中国的建桥者就已经有了人车分流的概念，有了这样先进的交通意识，真是了不起啊！

侧观安济桥，大拱、小拱、拱石均用银锭形腰铁联结。这种银锭形腰铁，除增加拱石间拉力外，也起到了很好的装饰作用。主拱和四个小拱拱顶各雕有蚣蝮，守护着千年古桥。主拱和四小拱之上，为仰天石外露桥侧，在仰天石的边侧和上面，雕刻有等距的八瓣莲花饰件。这种图案是从木结构的帽钉及帽钉之下的垫板演化而来。把帽钉和莲瓣形的垫板结合起来，好似一朵落地莲花。这种花形在中国早期的建筑中有所体现，也反映了隋代在艺术上的传承与发展。

安济桥维修时的旧照 ▲

安济桥的栏板和望柱上雕刻有精美的浮雕。全桥两侧共设栏板21块，望柱22根。中间设饕餮（传说中一种凶猛的动物，是龙的变种）、蛟龙栏板5块，盘龙竹节望柱6根，其余为斗子卷叶栏板和宝珠竹节望柱。传说在桥上雕刻凶猛的饕餮图案，是为了警示过桥的人，要快速过桥，以保证安全。当年安济桥上车马来往频繁，在桥上多停留是很危险的。

1979年5月，由中国科学院自然史组等四个单位组成联合调查组对安济桥的桥基进行了调查，得知安济桥自重为2800吨，而它的根基，只是有五层石条砌成高1.55米的桥台，基础宽度为10米左右，长度约为5.5米，深度为2～2.5米，没有采用人工地基，桥台直接建在自然砂石上！这么浅的桥基，这么短的桥台，天然的地层，在古代没有精密的仪器设备条件下，简直是一个建筑上的奇迹！1933年春，中国著名建筑学家梁思成先生考察安济桥的时候，不由感叹："造法与样式，是一个天才的独创，并不是一个普通匠人沿袭一个时代固有的规矩的作品。"

安济桥巧夺天工，究竟是什么人建造的呢？为此，民间还广泛流传着鲁班一夜造桥的浪漫传说。有一首民间歌曲《小放牛》唱得好：

赵州桥来什么人修？
玉石栏杆什么人留？
什么人骑驴桥上走？
什么人推车压了一趟沟？

赵州桥是鲁班爷修，
玉石栏杆是圣人留，
张果老骑驴桥上走，
柴王爷推车碾了一道沟……

传说鲁班一夜修成大石桥之后，因该桥设计新颖，坚固奇巧，一时轰动四方，引来了远居蓬莱阁的众神仙，他们纷纷前来试探，看看它是否如鲁班所说那么坚固耐用。八仙之一的张果老倒骑着毛驴，背上的褡裢里一边装着太阳，一边装着月亮。柴王爷(民间传说中和张果老同时代修道的神仙)的独轮车上载着泰山、华山、恒山、衡山四座名山。他们一齐来到安济桥上，压得桥身"咯叽"作响，摇摇欲坠。鲁班急忙跳到桥下，托着拱腹，桥才平安无事。据说，至今桥上还留着张果老的驴蹄印、柴王爷的车沟印和鲁班的托桥手印呢。

其实，这个建造安济桥的"鲁班"，就是隋代著名的工匠李春。根据在安济桥建成一百年以后的唐开元十三年（公元726年）中书令张嘉贞写的《安济桥铭》记载："赵郡洨河石桥，隋匠李春之迹也。"那道传说中的车沟印、驴蹄印，是为了通车更加方便；而那托桥的手印，则被科学家证实是修桥时的支撑点。一位生活在公元6～7世纪的工匠居然能够将问题考虑得如此细致，真是天下奇才！安济桥的成就，足见李春对工程学、力学、建筑学、水文、地质等都有深刻的理解。可惜，除了李春这个名字之外，历史上再没有更多关于他的记载。但是，李春这个名字伴随着安济桥被永远留传了下来。如今，赵州桥公园内还有一座李春的雕像，他得到无数世人的瞻仰。

安济桥建于隋代。隋朝是个统一的朝代，它结束了长期以来南北分裂、兵戈相见的局面，继秦始皇之后第二次统一了中国，促进了社会经济的发展。当时的赵县是南北交通的要道，从这里北上可抵重镇涿郡（今河北涿州市），南下可达都城洛阳。然而，洨河却阻挡了南北的贯通，每当洪水季节，甚至不能通行，影响人们往来贸易。因此，才有了安济桥的诞生。

据说，这一千四百多年间，安济桥曾经历了数次地震，经受了数次大战争的考验，承受了无数次人畜车辆的重压，饱经无数次风刀霜剑、冰雪雨水的冲蚀。仅仅是年代，就足以让人

◀ 安济桥新貌

感叹万千，更不用说它身上的光辉与灿烂了。

安济桥在历史上经历了几次大规模的修整，最近的一次是1953～1958年，更换了栏杆以及桥面石，但保留了隋代的拱券石。目前我们能够看到的，就是这次重修之后的安济桥。同时在安济桥的旁边新建了一座新桥通行南北。现在安济桥已被保护起来，不再通行车辆，仅供参观了。

站在桥头，看着昂扬挺立着的安济桥，不由得让人感慨万千。安济桥是中国桥梁史上的一个神话，也是中国古代技术与艺术达到巅峰的必然产物！遥想那个年代，安济桥刚刚落成，李春带着工匠们迎接它的剪彩，那一刻，安济桥是否会知道它将流传史册呢？李春是否知道他开创的不仅仅只是一座桥梁的模式，而是整个世界桥梁史的新篇章呢？漫长的十几个世纪，让后代的我们无法想象安济桥刚刚落成时的宏伟模样，可其实，在博大精深的中华文化面前，无法想象的又何止安济桥呢！

跨海石桥洛阳桥

俗话说，"闽中桥梁甲天下，泉州桥梁甲闽中"，由此可见福建省泉州市广集天下桥梁之精华了。确实不假。我国著名桥梁专家茅以升曾赞叹说："在我国古桥中，神话传说最多，几乎举国皆知的，北方有安济桥，南方有洛阳桥。"茅先生所说的"南方有洛阳桥"中的洛阳桥，就坐落在泉州东北十公里的洛阳江入海处。

洛阳桥又名"万安桥"，始建于宋仁宗皇祐五年（公元1053年），于嘉祐四年（公元1059年）建成。据《泉州府志》载，公元11世纪的洛阳江江流湍急，波涛汹涌，水面有五里宽，水深难测，常常造成翻船的灾难。因此，当时在泉州任知州的蔡襄就主持修建了洛阳桥。

蔡襄是福建省仙游县人，曾经两次任泉州知府。他还是宋代四大书法家之一，曾撰文并书写的《万安桥记》碑（也就是洛阳桥碑），被称为"三绝"碑。碑文短小精练，行文流畅，用一百五十三个字记述了造桥的时间、桥的长宽、花费的银两、参与的人物等，书法优美、刻工精致，堪称精品！

根据蔡襄所撰《万安桥记》记载，洛阳桥前后花了六年八个月的时间，耗资一万四千多两银钱，才完成这座跨江接海、南北跨向的大石桥。洛阳桥原长1200米，宽5米，两旁修有扶栏。桥身通体以花岗岩石铺建而成，巨大的船形桥墩由一块块石头砌建，看起来就像一艘两头尖翘的石船驮负着石板。桥北有一座蔡襄祠，祠内立有蔡襄《万安桥记》的宋代碑刻。

◀ 洛阳桥桥头碑

洛阳桥全景 ▲

蔡襄主持修建的洛阳桥，是一座跨海大桥，在今天尚且有一定的技术难度，更不用说这是在公元 11 世纪了。洛阳江入海处是东西江海汇流的地方，日夜潮汐不断。相传，当时人们出动了数百艘小船载了无数的石头，抛向桥墩的定基点上，但都石沉江底，不见踪影。桥墩的位置无法固定，桥自然也就无法修建。为此，大家都感到很烦恼。这时候，蔡襄梦见观音大士指点他派人向海龙王求助。蔡襄一觉醒来，觉得自己身为一方父母官，写信给海神理所应当，于是，提笔就给海神写了一封求助的公文，想借三天时间造桥。公文写好了，派谁去送给海神呢？蔡襄犯了愁，于是，他问手下衙吏："哪个人下得海？"一个衙吏随即答道："小人夏得海！"原来此人姓夏名得海，误以为老爷叫他，随口应答。其实蔡襄问的是谁水性好、能够下海。蔡襄以为他自告奋勇，十分高兴，就派他前往海神处投递公文。

夏得海得知蔡襄是叫人送信给海神，顿时懵了。哪儿听说过给海神送信的事儿啊？这一沉入海中，不就回不来了么？夏得海只得悲痛地告别了妻子，买了一壶酒喝得大醉，然后卧在海滩上，想让潮水把自己冲到海里。谁知一觉醒来，那黄色公文袋变成了红色公文袋，他很吃惊，连忙回来把公文袋交给蔡襄。蔡襄打开一看，只见上面写着一个"醋"字。这是什么意思呢？蔡襄冥思苦想，终于领悟了海龙王的启示，原来"醋"

字拆开是"廿、一、日、酉"四字，这就是说：当月二十一日酉时海水会退潮，那会儿动工最合适。古代一日分十二个时辰，子时是23点至次日凌晨1点，午时是中午11点至13点，酉时就是下午17点到19点。待到了二十一日酉时，果然海潮退落，三天三夜不涨潮，桥基终于顺利砌成。

由于当时资金有限，桥修建得比较矮，每逢洪水，桥面常常被淹没。因而，在泉州还流传着另外一个故事。话说泉州有一个大富商，名叫李五。有一次，他被小人诬告，无故被抓往京城问罪。当他的囚车途径洛阳桥时，恰好赶上洪水淹没了桥面，他在囚车上很艰难地过了桥，于是，李五对天发誓，只要他能平安无事回乡，一定出资将洛阳桥增高三尺。三年之后，他顺利回家了，没有食言，出资将桥增高了三尺。

传说归传说，蔡襄到底有没有写信给海龙王已经不重要了，李五是不是富商、是否曾身陷囹圄也不重要了，重要的是，洛阳桥修建在公元11世纪那个遥远的年代，多么不容易。

桥梁专家茅以升先生在《名桥谈往》中说，洛阳桥运用了近现代桥梁建设中的"船筏式"和"浮运法"的技术建造了桥墩。这种造桥方法是："先于水中抛石，铺满

▼ 蔡襄像〔宋〕

洛阳桥 ▶

桥址，形成水下的一座'海堤'，然后利用浅海里'蛎房'的繁殖，把石基胶固，使成整体，在石基上建立桥墩。再用船装载大块石梁，利用潮水涨落，将石梁安装在桥墩上。"

古代的工匠是在无数次与狂涛激流的搏击中摸索出经验的，从而创造了这种史无前例的海桥建造法。这种建造方式，对中国乃至世界造桥科学都是一个伟大的贡献。而为了巩固桥基，在桥下养殖了大量的牡蛎，巧妙地利用牡蛎外壳附着力强、繁殖速度快的特点，把桥基和桥墩牢固地胶结成一个整体，这是世界造桥史上别出心裁的"种蛎固基法"，也是世界上第一个把生物学应用于桥梁工程的例子。当时没有现代的起重设备，就采用"浮运架梁法"，利用海潮涨落的高低位置，架设桥面大石板，显示出非凡的才智。桥墩设计为船形，它的作用自然是分水。

洛阳桥历代屡有修建，历史上有三次规模较大的重修：一是明宣德中期（约公元1427年）郡人李俊育（李五）、僧正淳

重修，增高三尺；二是万历三十五年(公元1607年)，泉州遭遇八级地震，造成石梁下陷，太守姜志礼率众进行重修；三是1932年"淞沪抗战"爆发之后，抗日名将蔡廷锴携十九路军返回福建，重修了洛阳桥，铺设了钢筋水泥路面，桥面增高2米。抗日战争时期，洛阳桥受到严重破坏。1993年至1996年，国家文物局拨出专款，由我国著名古建筑专家罗哲文指导洛阳桥修复工作，对1932年修建的水泥桥面进行清理，对桥身的护堤等部位进行修复。现今洛阳桥全长731.29米，宽4.5米，高7.3米，有45座船形桥墩和645个扶栏。

有关洛阳桥名字则有这样一个传说：唐朝初年，大量的中原人南迁闽南一带，他们带来了中原先进、发达的农业技术和经验，引导当地人开垦土地、发展经济。他们来到了泉州，看到这里的山川地势很像古都洛阳，就把这条江取名为"洛阳江"，他们的后人所建的桥，也大多命名为"洛阳桥"。据说，不仅仅是泉州，很多地方都有"洛阳桥"这个名字。从一定意义上说，有洛阳桥的地方就有中原过去的人。它不仅沟通了洛阳江两岸的联系，也连接着沿海与中原的血脉。

洛阳桥建成以后，促进了海上贸易的发展，还引领了泉州的造桥业。据不完全统计，泉州地区宋代修建的石桥，保留到今天的就有一百座之多。

鱼沼飞梁十字桥

十字形是极少见的桥梁形式。中国的古籍中有过记载，但实物流传下来的仅有一座，这就是山西晋祠中的"鱼沼飞梁"。这座十字结构的桥是举世罕见的实物孤例。除此之外，只能从古画中寻找。敦煌唐宋壁画所见相类者极多，都在大殿前，殿前有水池，名"净土池"，池心立平台，四向通桥，是净土宗信奉的《阿弥陀经》所说佛国有七宝池八功德水的表征，鱼沼飞梁大概也是取法于此。

古人以圆形池塘为"池"，方型池塘为"沼"。沼池中多鱼，则取名"鱼沼"。鱼沼之上架桥称"飞梁"。两者合起来称之为"鱼沼飞梁"。此桥在沼上架十字形桥板，沼内立34根约30厘米见方的小八角形石柱，柱头卷杀，柱顶架斗拱与横梁，柱础为宝装莲花，石柱上置有斗拱、梁枋，用以承托桥面。桥东西长15.5米，宽 5米；南北长18.8米，宽3.3米。

柱头置木斗拱与梁枋，承石桥板与石栏杆，石桥面中间高两侧低，木斗拱与梁枋改变了石桥面的推力传递方向，使重量垂直传到桥柱上，桥柱间距宽窄也不一样。桥梁充分利用材质在三种环境中的特点，石柱水中耐腐，木材具有韧性与塑性，石桥板耐磨、防火，达到了桥梁坚固、美观、耐久的效果。

据专家考证，这34根石柱及柱础造型仍保留着北朝北魏风格，其他部分则具有宋代建筑特点。鱼沼飞梁建造的年代不详，但根据北魏学者郦道元在他的著作《水经注》中"枕山际水，有唐叔虞祠，水侧有凉堂，结飞梁于水上"的记述，可知这座十字桥北魏时已经存在，最晚距今也有一千五百多年的历史了。而今，沼中的八角石柱和柱础仍保持北魏风格，而整个架梁同修于北宋时期，大理石护栏则是在20世纪50年代对鱼沼飞梁翻修后增加的。

晋祠位于太原市西南约十五公里处的悬瓮山下，是北魏

◀ 鱼沼飞梁的梁柱结构

年间（公元386～534年）为晋国始祖叔虞而建的。这里是晋水的发源地，一年四季清泉淙淙、潺流不断已历几千年。晋祠中的水是祠中一大胜景。有水必有桥，"鱼沼飞梁"就是泉水之上的一座飞桥。

中国著名的史学家司马迁在《史记·晋世家》中，记述了"剪桐封弟"的故事。那是西周初年，公元前11世纪。西周是中国历史上最早的封建王朝。西周的开国皇帝周武王姬发去世之后，他十三岁的儿子姬诵继承了王位，历史上叫他"周成王"，是西周的第二个国王。姬诵因为年龄偏小，整天跟弟弟妹妹在一起玩耍，并没有当皇帝的威仪。有一天，姬诵与弟弟叔虞在花园里面玩，他拿起一把剪刀，把一片桐叶剪成了圭形。所谓"圭"，是古代帝王或诸侯在举行典礼的时候拿在手中的一种玉器，上圆（或剑头形）下方，象征着王权。姬诵把剪好的桐叶

晋祠鱼沼飞梁 ▶

递给叔虞，对他说："我拿这个圭送给你，封你做唐国的诸侯！"史官记下了这段事情，并奏请周成王选个吉日，为叔虞举行受封大礼。姬诵说，他是跟弟弟开玩笑。但史官却义正辞严地说："天子无戏言。"意思是皇帝的话一言九鼎，是不能更改的。于是，周成王就把弟弟叔虞正式封为唐国的诸侯。这就是历史上有名"剪桐封弟"的故事。

▲ 圣母殿前的鱼沼飞梁

公元前11世纪的古唐国，在黄河与汾河的东面，也就是现在的山西一带。叔虞死后，他的儿子燮父继封为唐侯。燮父见自己国内有晋水流过，就把国号改为"晋"，这也是山西简称为"晋"的由来。人们为了纪念这位开创晋国的第一人，就在悬瓮山下，晋水源头，为他建起唐叔虞祠。因为唐叔虞是晋国的开国之君，唐叔虞祠也被叫做"晋祠"。

北宋天圣年间（公元1023～1032年），晋祠重建时建造了宏伟的圣母殿。圣母殿堂供奉的是叔虞的母亲，西周的第一个王后。圣母殿是一座重檐大殿，殿前就是泉水。一般的殿堂都有宽阔的月台，圣母殿因为背山，如果也建月台，势必填掉泉眼。为了把泉水和建筑巧妙地结合起来，建筑者加宽了圣母殿的前廊，把水源打凿扩大，形成近似方形的水池，池上架设十字形梁桥，这就是"鱼沼飞梁"。

鱼沼飞梁修建在圣母殿前，自然是供人们拜谒或参观圣母殿的通衢要道。由献殿而上登五级台阶，有一个小平台，再上四级就是桥面；桥面是水平的，跨越池沼，再上三级，就是圣母殿的前廊。圣母殿前廊与飞桥融为一体，既增加了殿廊的开阔感，又使桥梁富于变化。南北向的桥面做成斜坡，直接与两边的地面相接。为了增加桥的稳定感，十字桥面的四隅适当扩大，成为方形。从整体看，东面桥面隆起，就像鸟的身躯，南北向的桥面舒展下斜，就像鸟的两翅。整个桥梁就像展翅的飞鸟，动感十足。

中国著名建筑学家梁思成先生曾说："此石柱桥，在古画中偶见，实物则仅此孤例，洵属可贵。"

虹飞楼殿桥

楼殿桥是一种特殊形式的桥梁，主要特点是在桥上建筑楼阁式殿宇，使桥与殿融为一体，故称"楼殿桥"，又称"桥楼殿"。在公元3世纪之前，中国就有了在桥上造物设殿的桥梁。现存最早的楼殿桥是河北省井陉县仓岩山福庆寺的楼殿桥。据说福庆寺始建于隋代，楼殿桥则始建于隋末唐初（公元7世纪初），距今约有一千四百多年的历史了。

仓岩山福庆寺楼殿桥由桥和建在桥上的楼殿两部分组成，桥与殿浑然一体，如飞虹横架峡谷一线处。清幽的山涧上架立

如此精彩的建筑，让人感叹。

　　一千四百年以来，风吹日晒，大殿屡次修整，而桥却始终没有毁坏过。由李安执导、获第七十三届奥斯卡四项大奖的影片《卧虎藏龙》中，玉娇龙纵身从桥上跳下深渊，诚心为自己所做的一切赎罪的镜头，就是在楼殿桥拍摄的。飘落的美丽身体、旋转的山峰、楼殿桥那如同仙境的景象，曾让无数人为之心动。

　　楼殿桥长15米，跨径10.7米，宽9米。桥宽拱脚处比拱顶处宽0.4米，以增强拱的稳定性。拱肩上对称伏踞着两个小孔，拱石至今尚好。桥拱上还刻镌有怪兽、骏马和人物浮雕。桥横跨于对峙的断崖之间，距山涧底部约70米。

　　楼殿桥由纵向排列的22道青石拱券砌成，前后两排各雕刻有六幅神兽图案。楼殿桥巧用力学原理，在拱肩处各建两个对称的小拱，伏在主拱的肩上，称为敞肩型结构。这既提高了两个小拱

71

仓岩山楼殿桥▶

圈的承载力和稳定性，又节省了石材，减轻了桥身的净重，还增加桥的安全系数；最重要的是桥体重量全都着力于两山悬崖之上，更能保证桥的寿命。

桥楼殿高两层，面宽五间，进深三间，为重檐庑殿顶式建筑。坐西朝东，瓦顶平缓，飞檐翘角，具有清代早期建筑的特点。殿顶覆盖黄绿相间的琉璃瓦，飞脊为琉璃花脊，上面安置狮子驮塔、仙人骑龙及飞鸟等琉璃饰件，造型生动逼真。殿身上下檐均有斗拱，又各不相同，上檐柱间为六抹隔扇，檐下、额、椽、檩、枋上均有苏式彩绘，绘画内容大多为人物、戏剧故事和花草。殿内有壁画和佛、菩萨、罗汉的塑像，整个桥楼殿高耸险峻，构造精巧，金碧辉煌。

这座桥的造型与著名的河北安济桥极为相似，也是单孔敞肩圆弧石拱桥，拱券用纵向并列砌成。传说，木匠的祖师爷鲁班为了建造安济桥，特意跑到仓岩山来做实验，他将柴草垛满山涧，搭起桥拱，一夜之间就修好了22道拱券的天桥。鲁班试了试，觉得没什么问题，就立即跑到赵州去建造安济桥，而留下了这个楼殿桥。

有关楼桥殿的记载很少，今天的人们已经无法查证它是如何建造的了。有人说，是用木架顶木架，搭至70米相当于拱圈高度位置时，在木架上满铺树枝，抹上胶泥，然后再砌桥拱券石的。也有人说，受到喜雀搭窝启发，冬天施工，在半山腰堆柴，堆一层柴泼一层水。由于是冬天，水泼上去就冻成冰，如此反复先搭个平台，又因为冬天没法和泥所以只能用石块互相堆咬在一起。一个冬天下来，桥修好了，柴上的冰也化了。无论哪种方法，在当年没有吊车的情况之下，要想修一座横跨两山之间、山脚至山顶大约有100米高的桥梁，该有多困难啊！

楼殿桥所在的苍岩山，海拔并不高，只有1000余米，但其气势却令人惊叹。一是山体的颜色通红，给人强烈的视觉震撼；二是其峭壁平整开阔，险峻明朗之势非其他同等海拔之山可比。而两悬崖之间横跨一座漂亮的楼殿桥，那又该是何等的气势啊！

从涧底仰望，青天一线，桥楼凌空，宛如彩虹高挂，似乎与蓝天白云齐飞，故此景被称"桥殿飞虹"。站在桥上凭栏俯视，百丈断崖，其势撼人，沟底树木葱郁；临风远眺，重山叠嶂，更显出桥梁的雄伟和险峻。而从楼殿桥往前走，再回头看这座桥，似乎飘在云中的楼阁，又会惊叹其与山谷浑然天成的景致。楼殿桥将涧、桥、楼、殿融为一体，情趣盎然。

■ 拙政园图景

流文荡画桥——园林的桥

斜桥曲水，画桥碧水。桥，成了中国园林中不可或缺的建筑，几乎无园不水，无水不桥。桥连接着不同区域，造成视觉上的递进，瓦解了水面的单调，增加了园林风韵，起到了画龙点睛、点缀园林的作用。

瘦西湖上五亭桥

瘦西湖是扬州著名的景点，因其景色可与杭州西湖相媲美，又因其湖面瘦长，故称"瘦西湖"。瘦西湖的湖光水色深得中国古典造园技巧的精华，湖水曲折，或收或放，或宽或窄。岸两边三步一亭，五步一园，各具特色，而其中最具代表性的当属"五亭桥"。桥横跨瘦西湖，是往观音山、平山堂的必经之地，为瘦西湖著名的风景之一。

五亭桥建于清乾隆二十二年（公元 1757 年），它坐落在四周被莲花包围的莲花堤上，远眺全桥犹如盛开的莲花，所以又名"莲花桥"。当年巡盐御史高恒为了迎接乾隆皇帝南巡，特雇请能工巧匠设计建造了此桥。五亭桥的造型典雅秀丽，黄瓦朱柱，白色栏杆，亭内彩绘藻井富丽堂皇，具有南方建筑的特色。而桥下则是具有北方建筑特色的厚实桥墩，和谐地把南北方建筑艺术、园林设计和桥梁工程结合起来。

造桥者把桥身建成拱券形，由三种不同的券洞联系，桥孔共有15个，中心桥孔最大，跨度为7.13米，呈大的半圆形，直贯东西；旁边12桥孔布置在桥础四面，可通南北东西，呈小的半圆形，桥阶洞则为扇形，可通东西一共8孔。正面望去，连同倒影，形成5孔，大小不一，形状各殊。

五亭桥的桥墩由12块大青石砌成，形成厚重有力的"工"字型桥基。清秀的桥身和沉雄的桥基，两者为什么能配置得如此和谐呢？答案就在桥洞。五亭桥的桥身由大小不一形状不同的券洞组成。空灵的券洞配上敦实的桥基，桥基的直线配上桥

扬州瘦西湖五亭桥 ▼

▲五亭桥远景

洞的曲线，加上自然流畅的比例，就取得了和谐统一的视觉效果。难怪中国著名桥梁专家茅以升先生评价"最具艺术美的桥，就是扬州的五亭桥"。

五亭桥对面是一座三层砖石结构的白塔，造型仿北京北海公园喇嘛塔的形制构筑。据说白塔的建造还有"一夜造塔"的有趣故事呢。当年乾隆皇帝到瘦西湖游玩，感叹其美中不足，说要是还有一座白塔就更好了！那些接待他的盐商听到以后，当晚重金买来北京北海公园喇嘛塔图纸，用盐堆起一座白塔。第二天乾隆皇帝看到这座塔后，果然龙心大悦。

《扬州画舫录》中有这样一段记载："每当风清月满之时，每洞各衔一月。金色荡漾，众月争辉，莫可名状。"说是每逢农历十五日月圆之夜，五亭桥下十五个桥洞中每个洞都好像含着一个月亮。一碧湖水，十五明月。多么让人心醉的夜晚啊！不妨在农历十五，去扬州瘦西湖感受一番十五个月亮的景象！

引静桥与小飞虹桥

　　网师园是苏州园林的代表之作，体现了精巧的特色。而其园内的引静桥更是小巧玲珑，独具特色。"引静"，从字面上就可以体味到几分诗意。湖水与这座桥以及其他的景物形成的这幅真实的山水画，赶走了尘世的喧闹，引来脱离世俗的宁静。

　　小桥在彩霞池东南水湾处，呈弓形，全部采用金山石造就。它体态小巧，长才2.4米，宽不足1米，三步就可以通过小桥，所以又俗称为"三步小拱桥"。麻雀虽小，五脏俱全。引静桥的总面积虽然没超过3平方米，但桥上石栏、石级一应俱全。甚至在桥顶还刻有一牡丹形浮雕，线条柔和，花形秀美。

苏州网师园引静桥 ▶

引静桥下是一条自南蜿蜒而来的小溪涧，涧水幽碧。涧壁上刻着"槃涧"两个大字。溯流而上，则有小巧的水闸立于涧流上游，岸边石上书"待潮"二字。"引静"、"槃涧"、"待潮"，这三者在咫尺之内暗自呼应，可谓相得益彰。

引静桥将小溪涧两侧的景物分割开来，却又并不突兀。它起了引渡的作用，还使园内增添了欣赏美景的立足点。站在桥上向北望去，古柏苍苍，轩窗寂寂。

如果说引静桥体现出柔和而自然的味道，那么拙政园内的小飞虹桥曾体现了一种动态的张扬。这是苏州园林中唯一的一座廊桥，在微微高起的三跨石梁上，朱红色立柱，上覆廊屋，造型古朴，色调淡雅。这座廊桥，犹如彩虹，映卧池面；水波荡漾，桥影势若飞动。亭、廊、桥置于一体，故取名为"小飞虹"。

小飞虹桥建造于距今五百年前的明代。明代四大画家之一的文徵明，曾经绘制《拙政园》图，画面右侧斜出向池面左端的小拱桥，就是小飞虹桥。桥右端筑有平台，下侧古木山石，远处露现一座楼阁，隔溪翠竹掩映，池对岸有参差错落的茅屋数间。画中的小飞虹桥凌架池上，为一座跨度较大、拱形平缓的三架木桥。桥柱、桥梁全是木构。在清代的嘉庆、道光年代，小飞虹桥改为石桥。现在的小飞虹桥保留了清代的石柱、石梁结构，桥面两侧设有"万"字形图案的护栏，是一座精美的廊桥。

小飞虹桥西接东通，分割水面，点缀了水景，增加了弯度，使整个园林亭台楼榭在错落有致的基础上锦上添花。如今的小飞虹桥，早已情韵远播，享誉海外。在新加坡的蕴秀园里，就有一座仿小飞虹而建的廊桥。

颐和园内玉带桥

　　玉带桥被认为是颐和园最美的一座桥，建于清乾隆年间（公元1736～1795年），桥身为汉白玉，桥座为青岗石。桥高10米，长而薄，似一条玉带飘落在昆明湖上。主拱圈采用蛋形尖拱，配上双向反弯曲线的桥面，如驼峰突起，特别高耸，俗称"驼背桥"。

　　玉带桥的桥栏望柱上雕刻有十只飞舞的仙鹤。桥下水面荡漾，倒影成环，变幻多姿。夏天的夜晚，月圆时分，半圆的桥洞与水中倒影形成半实半虚的圆月，波光中月色浮动荡漾，一

颐和园玉带桥冬景 ▼

80

◀ 玉带桥近观

群仙鹤在旁翩翩起舞，如同幻景。

　　据说，玉带桥之所以拱形很高，是因为清代的乾隆皇帝经常坐船到颐和园游玩，龙舟很大，为了让大船可以顺利通过，工匠们将桥的拱位高高挑起，从而留下了这座奇特而壮观的桥。乾隆皇帝曾为这座桥题写了一副楹联，形容玉带桥如一弯美人的眉毛铺在明月般的镜子上，又如百尺彩虹映照在水晶帘幕中。

　　上世纪初，美国在纽约东河上建成了狱门桥，主拱上弧弦两端采用了反向曲线，当时被称为全球拱桥之冠。据说，其桥型就是选自玉带桥。

■ 福建江永县步瀛桥

小桥流水人家——乡野的桥

　　弯曲的小桥，让细细的流水绕村而过。乡野的桥可能只为提供行人走路方便，也可能只是为了过河便捷，没有园林中的桥那么华丽秀美，却有着更为实用的目的。

中华文化丛书
ZHONGHUA WENHUA CONGSHU

中 国 古 桥

只留半边的度仙桥

　　步瀛桥，又名"度仙桥"，位于湖南江永县城西南二十五公里处的夏层铺镇上甘棠村。据说，它建造于北宋靖康元年（公元1126年），距今已八百八十多年。步瀛桥半边桥长久不塌，堪称我国桥梁史上的奇观。

　　"步瀛"一词，源于唐代殿试考中进士"登瀛洲"之意。取名"步瀛桥"，寄寓上甘棠村周氏子孙步过石拱桥，功成名就，成为国家栋梁之材。桥全长30米，宽4.5米，原高8米。由于河床抬高2米，现高只有6米。三拱，每拱跨度为8.5米。

　　上甘棠村以周姓为主。据周氏族谱记载：周氏族人自唐大和二年（公元827年）迁居到甘棠山，世代繁衍，延续至今已有四十多代了，历经一千二百多年。在千余年的发展过程中，村庄的名字始终不变，村庄的位置始终不变，居住的家族始终

步瀛桥 ▶

不变。

　　进村途经文昌阁,这座阁始建于明万历四十八年(公元1620年),共四层,高16米,面宽10.6米,进深10.2米,占地面积108平方米。历史上其东侧曾建有濂溪书院,现只留存几栋建筑物。文昌阁的左侧是前芳寺,右面是龙凤庵,前有戏台,后有驿道、凉亭,构成了宫殿式的建筑群。

　　穿过文昌阁就是步瀛桥。该桥位于谢沐河口下游的西南村口,为上甘棠村的主要出入口。据史料记载,步瀛桥始建于北宋靖康元年(公元1126年),由当时的几位周氏族长主持修建。历经南宋绍兴五年(公元1135年)、元至元二年(公元1265年)、明成化四年(公元1468年)及清乾隆年间重修或大修。现残存长30米、宽4.5米、跨度9.5米、拱径高5米,为三孔石拱桥,因年久失修，目前，拱桥上游处被洪水冲毁，垮塌长 7 米、宽 1.5 米。步瀛桥采用半圆形薄拱，造型小巧别致，与文昌阁的庄重高耸互为衬托，构景成图，相映成趣。

据说石桥落成庆典时，"八仙"云游到此，一个个装扮成布衣凡人，村里无人认识。因修桥本是积德行善之举，有陌生乡邻光临是一大幸事，村人皆大欢喜，于是请这八个不速之客临桥。这"八仙"步至桥心，不料铁拐李一脚过重，把一座新桥踏破了半边，村人顿时面带愁容，面面相觑，有苦难言。那拄拐杖的跛子反哈哈大笑起来，说："这是天意！贵村人杰地灵，日后桥上每掉下一块石头，贵村就会出一名官员，众乡亲勿忧也。"说完，这"八仙"就不见了。村里的有识之士如梦初醒，急向村人解释说："这是八仙来踩，吉祥之兆啊！"于是，这桥此后又被称为"度仙桥"。

不知道是否因仙人的话灵验，步瀛桥从修建到现在已经八百八十多年，这期间，一共从桥上掉下去 102 块石头，而村里从北宋至今，果然就出了文武官员一共 102 名，其中京官 18 名，进士 11 名。这 102 块石头对应的最后一个人，是毕业于黄埔军校的爱国将领周翰宗，他曾跟随张治中先生参加过"重庆谈判"。继周翰宗之后，桥上又有一块石头将要掉落，可这块石头至今还未曾掉下，不知道这将要产生的官员最终会花落谁家呢？

浙江庆元县如龙桥

桥影聚行鱼——桥之欣赏

把自己想象成一尾鱼，游荡在小桥旁的河流里，静静地去用心灵感受桥，去欣赏桥的美丽。

绵延千年的建春门浮桥

浮桥，是中国较早的一种桥梁。它是用船渡河的发展，又是向建造固定式桥梁的过渡，成为介于船和桥之间的一种渡河工具。在《诗经·大雅·大明》中就曾经记载：西周初年，文王姬昌为了娶妻而在渭水上建造了一座浮桥。那首记录着这段

中华文化丛书
ZHONGHUA WENHUA CONGSHU
中 国 古 桥

◀ 福建浦城县水北浮桥

故事的诗创作于公元前12世纪，至今已有三千一百多年，这是目前中国古代有关浮桥的最早记录。

古希腊历史学家希罗多德（约公元前484～前425年）也曾记录过一则浮桥的故事。那是在波斯王大流士入侵希腊时在博斯普鲁斯海峡上所建造的浮桥，但它比周文王建的浮桥晚了五百多年呢。

公元前541年，《左传》中曾记载当时的秦国公子害怕被秦景公杀死，于是出逃到邻近的晋国去。当时秦国与晋国之间隔着黄河，而秦公子所携带的箱笼财物以及随从人员都很多，如果要摆渡过岸，需要花费很多时间。于是搭建了一座临时的浮桥，让车辆过河。由此可见，公元前6世纪，中国已经具备了在黄河这种大河当中架设浮桥的技术。

公元前2世纪到公元10世纪的汉唐时期，浮桥已经十分普

赣州建春门浮桥 ▶

及,遍地开花了。很多地方在建造桥梁之前,会先造浮桥来试探水情,然后才正式动工,以浮桥为试验品,确保实际桥梁的稳固。

浮桥一般是用几十或几百只船艇(或木筏、竹筏、皮筏等)代替桥墩或桥柱,横向排列在河流当中,以船身作桥墩,上面铺设梁板作为桥面。桥与河岸之间用跳板(古称枅板)、栈桥等连接,以适应河水的涨落。舟船之间用棕、麻、竹、铁等制成的缆索连接,或者用铁锚、铜锚、石锚固定于江底及两岸,或者缆索与锚两者兼用。浮桥适应江河水位起落,随时可以调节。

后来,随着现代公路桥的发展,浮桥渐渐被取代,从而退出了人们的生活。今天,在江西赣州市还有一座浮桥被保留着,它就是建春门浮桥。

赣州城三面环水,因为河面较宽,河两岸往来主要靠渡船。在横跨第一个千禧年的宋代,在章河、贡河上架起了三座浮桥。它对城乡之间的交通发挥了巨大的作用。

第一座浮桥建造于北宋熙宁年间(公元1068～1077年)，是知州刘瑾在章江所架，名为"西津桥"。第二座桥建造于南宋乾道年间(公元1165～1173年)，是知州洪迈在贡江所架，名为"东津桥"(即现今的建春门浮桥)。第三座桥建于南宋淳熙年间(公元1174～1189年)，是知州周必正在镇南门外的章江上建造的，名为"南门浮桥"。三座浮桥都采用了篾缆联舟的结构，用篾做成缆把船彼此连结起来，这种架桥的方法一直沿用到现代。

南门浮桥和西津门浮桥在上世纪80年代拆除，只有建春门浮桥作为赣州市的历史文化景观特意保存了下来，至今还为赣州市民服务。

建春门浮桥的始建者洪迈，是南宋著名的文学家、学者，同时也是一位有民族气节的人。他在代表朝廷出使金国时，金国人要他行陪臣的礼节，他坚决不服从。金国人就把他关在使馆中，不给饮食，饿了他三天三夜。他宁愿饿死也要维护国家尊严。金国人无奈，只好把他放回。洪迈学识渊博，一生写了大量涉及历史、文学、哲学、艺术等方面的著作，其中最著名的是《容斋随笔》。这是唐宋笔记中规模最大、影响最深的一部，毛泽东就很喜欢这本书。据史书记载，洪迈来到赣州以后，"重视教育，建学馆，造浮桥，便利人民"，受到老百姓的好评。

当时赣州年年有洪水，贡江水流急，河岸阔，建造一座桥十分困难。洪迈以过人的胆识完成了这项工程。这座浮桥从南宋至今，历经修葺。现在的建春门浮桥全长429.5米，共用113只木船，每3只为1节，整座浮桥分为33节，宽5米，船高1.20米。另外还有一些木船作为预备，随水位升降以调整航道。

在主河道架设浮桥，势必会影响到河中的航运，为解决这

个问题，浮桥从创始之初就采取了每日定时开启的措施。

浮桥同时还可以起到"锁江"的作用。古代赣州城设有"赣关"，对过往商船进行收税。浮桥定时开启，过往商船要查验税票后才能放行。

浮桥这一古老的交通设施，在赣州已经沿用了九百多年，构成了赣州这座历史文化名城特有的人文景观。浮桥连接着城郊与市区，连接着白天与黑夜。春日的午后，人们从桥上走过，追逐着春风的脚步。夏天的傍晚，人们喜欢在浮桥下游泳，坐在桥上看夕阳缓缓西下。秋天，推着小车叫卖瓜果的人们急步而过，留下的是那些飘荡在空中的果香。冬天的清晨，雪将桥装扮成一道白练横在江中。

1577年，一个葡萄牙人自中国回国，曾对江西赣州的浮桥倍加赞赏："全世界建筑工人，应数中国第一！"由此可见赣州浮桥带给人们的惊艳与喜悦。

如龙桥遗梦

　　一个飘泊四方的摄影师、一个晚饭后走过草地的意大利女人、一座沐浴在晨光与暮霭中的古老的麦迪逊廊桥，演绎了一个刻骨铭心的爱情故事——当年一部电影《廊桥遗梦》，荡气回肠，如泣如诉，迷倒了全球的男女，而美国的麦迪逊廊桥也深深地留在人们心中。然而，美国式的廊桥更多的是实用型，而中国的古廊桥不仅实用，而且从其线条、造型、雕刻来看，都蕴涵着中国古老文化独有的优雅从容。南京大学建筑研究所教授赵辰曾经拜访过麦迪逊廊桥，他说："故事是个浪漫的故事，可惜那座桥并不浪漫。比较而言，中国的廊桥却很浪漫。"

庆元如龙桥 ▶

如龙桥，就是这样一座浪漫的廊桥。它位于浙江庆元县举水乡月山村南侧的水口处，南北走向，横跨于举溪上。桥与一侧的山脊古松依稀相连，仿佛巨龙卧伏，桥身就如同龙头微微下倾——这就是如龙桥的由来。

"古朴、强烈的历史沉积感，独特的建筑艺术风格，使廊桥表现为一种凝固而又跳动的优美音符，再加上古树、古街、古民居衬托，更使庆元廊桥焕发出举世独有的浪漫个性。"美国著名学者特瑞·米勒说。

浙江省庆元县素有"中国廊桥之乡"的美誉。古时候的庆元，逢村必有溪，有溪必建桥，建桥必定是廊桥。而如龙桥所在的举水乡月山村，因村后山上有一弯半月形毛竹林，村前的小溪也呈弧形，民居沿溪建造自然也呈半月形，两个"半月"恰好合成一个圆月而得名。月山村纵深大约为两华里（合一公里），每隔二三十米就有一桥相通，被人称为"二里十桥"。

如龙桥就在这"二里十桥"之中，是中国现存最早的一座木拱廊桥。木拱廊桥不仅是中国传统木构桥梁中技术含量最高的品类，而且是世界桥梁史上绝无仅有的一个品类。如龙桥全长约28米、宽5米，由木拱架和廊屋两部分构成。在浙南一带，像如龙桥这样的木拱桥又称之为"蜈蚣桥"。专家认为，"蜈蚣结构"有很好的受压性能，只要两个端部固定，桥就能很好地承受向下的负重。但是，由于结构的特殊，桥受到向上的反弹力，就很容易遭受破坏。为此，"蜈蚣桥"都采用了廊桥的这种形式，桥上建廊非但不是负担，反而增加了稳定性。

古代的山区，山高路险，交通不便，廊桥几乎没有被人为破坏，因遇水灾、火灾受难的廊桥，也常被当地的百姓反复修建、重建。如龙桥的最初修建年代已经无法考证，但从桥正中那间廊屋上"明天启五年岁在乙丑肆月十二日乙丑良旦吴门重新修造"等二十四字墨书题记上看，即便是从重修之日算起，它也已经是我国现存的迄今发现的有确切纪年、时代最早的木拱廊桥了。

如龙桥桥内由数十根粗大的木头纵横组合铆接，形成架设廊屋的拱骨平面。廊桥楼、桥、亭三者相结合，有廊屋九间，桥两端设阁。廊屋顶部饰藻井图案，桥廊的风雨板上开设宝瓶形、圆形、扇面形、梅花形等形状各异的小窗，十分别致。廊屋当心一间设有佛龛。佛龛上额悬挂着一木匾，上有"如龙桥"三

木拱廊桥 ▶

个遒劲大字。字苍劲有力，活像巨龙腾空，相传是吴懋修的儿子、八岁神童吴之球所书。

据说，此桥与江南名士吴懋修有关。吴懋修被后代村民尊称为"八老爷"。他曾立下规矩要代代相传保存这些廊桥。据县志记载，吴懋修是明代的学士，他的父亲吴希点曾任福建省连城和广东省惠来知县。吴懋修自幼随父在外习武诵经，公元1644年明朝灭亡之后，吴懋修曾入伍从军，希望可以复兴明朝，无奈兵败，只得隐居故里，著书立说。

遵循"八老爷"的理想，月山的廊桥始终保持着它迷人的身姿，它不仅仅只是沟通举溪两岸的工具，而且它还承载了村民们追求与自然和谐相处的精神寄托。月山的廊桥，既能遮风挡雨，又有专供人们作短暂小憩的廊凳，还有专门供远道行人解渴的茶水，同时它还具有藏风纳水、祭拜神灵等诸多功能。桥，不仅仅只是交通工具，更是人与人、人与自然之间的感情交流。其中所体现的朴素的人文关怀，又怎么能不让人感动呢？

与如龙桥遥相呼应的，还有一座横卧于村头的来凤桥。来凤桥全长30米，宽5.5米，是一座石拱券廊屋桥。龙和凤都是中国神话传说中的吉祥灵物，中国传统文化一直有"龙凤呈祥"的说法。因而，这两座建造年代不同的桥，还流传着这样一个故事——

传说，举溪两岸住着吴姓与陈姓两大家族。吴家与陈家都用举溪水灌溉农田，各不相让，经常发生争执，结下了宿仇。有一年，遭遇大旱，两家人为了溪水的分配问题发生争吵，并拿着刀棍对峙在两岸，眼看就要发生一场火并了。这时候，有个人提出这样大打出手总归不好，不如让两个家族各派一个武功最好的人代表全族来比武，溪水归优胜方。两个家族的人都同意了。吴家派出年轻的小伙子吴如龙，而陈家则派出漂亮姑娘陈来凤。吴如龙和陈来凤两人交手，几个回合下来，竟然不相上下，打了个平手。按照约定，大家将溪水平分，从此不再争执。吴如龙与陈来凤两个人在比赛当中彼此都留下了很好的印象，来来往往之后互生情愫，第二年八月十五日喜结良缘。为了纪念这喜庆的日子，吴、陈两家决定修建如龙桥和来凤桥，让后世子孙和和睦睦，恩恩爱爱。

庆元举水乡月山村 ▶

当然，传说终归是传说，实际上如龙桥与来凤桥建造的年代相差了百年。但百姓们对于建桥的初衷与热情却是一脉相承的：造桥可以平平安安、和和睦睦。

廊桥是人类文明中那丝脉脉温情的延伸。对人的关爱，就在几座看似不经意的小桥亭廊中一览无余。走在木制的廊道内，听着脚下咚咚木质的回音，看着廊桥内缝缝补补的老婆婆，还有孩童们放学回家的身影，一幅优美的山村水居图就自然而然地呈现在眼前。溪水潺潺陪伴着它度过了千年，山风阵阵在它的耳旁不停地演奏着小夜曲，一代一代的人在廊桥躲避风雨、停脚休息，一代又一代的人在它的庇护之下幸福地生活，它默默传承着那独立自由的精神。历史的沧桑固然让如龙桥留下了一些印迹，但它并不苍老，依然那么年轻而快乐地承载着古村的今天、明天与未来。

桥里桥——潮音桥

潮音桥位于浙江湖州市南街东侧，俗称"桥里桥"，是"湖州三绝"之一。潮音桥建于明嘉靖十八年（公元1539年），为三孔石拱桥。桥高5.6米，长54.2米，宽5米，共27级台阶。潮音桥所在地以前是个渡口，因桥侧有一寺名为"慈感寺"，所以渡口称为"慈感寺渡"。后来有人觉得此地很像浙江舟山岛普陀山的潮音洞，因而改名叫"潮音渡"。明嘉靖十八年在渡口建桥时，以潮音渡为桥名，故名"潮音桥"。

湖州本地人称潮音桥为"桥里桥"，又名"哑巴桥"。为什么叫这两个名字呢？这里面还有一个很动人的传说呢！

相传四百多年以前，潮音渡口风高浪急，过往行人只能靠摆渡通过。河东有一家财主，见慈感寺修好后，大批香客要从潮音渡过河去慈感寺烧香，觉得这是一个赚钱的好机会，就买

了一条渡船，雇了一个哑巴撑船摆渡帮自己赚银子。哑巴是个有心人，觉得人们摆渡过河很不方便，想借帮财主摆渡的机会攒一些工钱，然后在渡口架座木桥。一年又一年，哑巴攒了很多年之后，终于积蓄了一些银两，在渡口架了一座简易的木桥。人们叫它"哑巴桥"。可这事儿惹恼了财主，财主觉得修桥之后乘船过河的人没有了，自然就断了财路，于是他叫手下的人把木桥拆了。哑巴眼看着自己辛苦攒钱建造的桥要被拆除，自然是拼死阻拦。一场争斗之后，哑巴被打死了，财主让手下的人把哑巴的尸体投入水中。这一来，自然激怒了两岸的百姓，他们联合起来去官府告状。官府怕人们闹事，将财主判了刑，又出面领着众人在木桥上造了一座石桥。石桥是建造在哑巴的木桥之上的，因而这座石桥被叫做"桥里桥"。

后来，木桥毁坏了，但人们依然感谢那位为方便百姓而建桥的哑巴，大家约好过桥时都不说话，以此来纪念哑巴。这个传统一直保持到20世纪的四五十年代。据说，以前不管是桥上的行人还是桥下来往的船只，哪怕是轮船开过，船家都会嘱咐旅客们不要讲话。

据清朝同治年代编修的《湖州府志》记载，潮音渡两岸皆有渡亭，用以蔽风雨。明嘉靖十八年，知府魏济建造潮音桥时，在桥的两端还建有东、西两个渡亭。明万历三十三年（公元1605年），知府陈幼学重建渡亭，把亭子改成了阁的样式。其后近一百年间，渡亭屡毁屡修，终于在清朝后叶被废弃。

奇妙的是，潮音桥虽然建于明代，却已具有现代立交桥的雏形。湖州商业发达，西岸河街商店林立，潮音桥在建造时，西侧次孔跨过人行道，避免割断沿河街道，桥上桥下皆通行人，这在古桥建筑史上，特别是石桥建筑史上实属罕见。这种多孔联拱石桥的结构，在中国古代建桥史上十分罕见。著名书法家谭建承所著《谈湖州的桥》一文中说，此桥桥脚盖桩密排极深，可千年不动摇，而且离桥墩数丈，就有木桩和石垛。

据说，造桥的时候曾在桥上石板缝中放入枸杞、石榴等四种果核，希望桥建成之后，果核萌芽、开花、结果，象征着桥可以"长留人间"。而今，依然可以看到桥顶有一株百年石榴树，桥缝中有枸杞树，它们守着这座百年老桥，年年开花，岁岁结果。

■ 福建晋江的安平桥

御路浮桥万里平——桥之最

世界上最大最重的石梁桥——虎渡桥

中华文化丛书
ZHONGHUA WENHUA CONGSHU

中 国 古 桥

在福建省漳州市九龙江的北溪与西溪的交汇处，有一座世界上最大最重的石梁桥，名叫"虎渡桥"，又名"江东桥"。它横跨于漳州东二十公里的九龙江上。据说虎渡桥上一块普通的石梁就长达20米、宽1米、厚1米，而最大的花岗石的石梁可以达到23.7米长、1.7米宽、1.9米高、重约207吨。专家分析，最大一根石梁在自重作用下，已达到自身抗拉极限强度的百分之九十，若石梁跨径再增大，它就会在自重作用下断裂。虎渡桥的石梁已接近它的最大允许跨度。如此巨大的石梁，在中外桥梁史上都是绝少的，被《世界之最》一书列为"世界最大的石梁桥"。

江东这段溪流，古称"柳营江"，原是通津渡口，地处九龙江北溪下游，是九龙江北溪与西溪的交汇处。这里两岸峻岭对峙，万壑并趋，江宽流急，波涛汹涌，驾

▼ 漳州虎渡桥

舟渡江，进寸退尺，令人触目惊心。在这样的情况下，要想在波涛汹涌的水中打基柱建桥，真不是一件容易的事情。南宋绍熙年间（公元1190～1194年），郡守赵逖伯在这里连船建造浮桥，开此处造桥历史的先河。但浮桥经风雨摧损，很容易毁坏。南宋嘉定七年（公元1214年），郡守庄夏开始用垒石的方法建造桥墩，想要建造一座木梁桥，但因水深流急，每次抛下的石块都被江水冲散，桥迟迟未能建成。

造桥的师傅们筋疲力尽，心力交瘁。怎样才能建造一座牢固的大桥呢？老师傅日思夜想，寝食不安，就天天坐在岸边琢磨。有一天晚上，月光皎洁，可以看见整个的江面。老师傅突然看到一只母虎不慌不忙地走到江边浅滩上，母虎的身后还跟着一只虎崽。母虎把虎崽负在背上，两条虎尾交缠住，以防小崽落水飘失。母虎前后走动，选择好下水过河的位置，然后采取一条斜线径直游去，游一段就停下来休息一会儿，再游，再休息，这样分几次终于游到了对岸。母虎放下小虎崽，抖抖身上的水滴，两虎纵跳而去。

老师傅看到这个场景，若有所悟。他按照老虎游走的路线勘察，也选定母虎负子渡河的斜线，发现老虎休息的地方，水下面有石头可以垫脚。于是，在两岸架起了桥墩，共分十五个桥孔，上面架设板桥，墩上横架一块又长、又宽、又厚的石板做桥面，并以木、瓦盖顶，命名为"通济桥"，又称"虎渡桥"。

南宋嘉熙元年（公元1237年），木桥被火烧毁。漳州郡守李韶倡议改建石桥，并拿出了自己存的50万钱。当时的吏部尚书颜颐仲是漳州人，自然极力促成建桥。庄夏之子庄梦说，时任广州通判，慨然继承先父之志，率宗亲及同僚集资相助。官府又拨库银万缗。同时，高僧廷潜和尚师徒也四处帮忙募集善款。在四方努力之下，历时三年零一个月，共筹资数十万，终于建成了石桥。桥长600米，高30米，有25个桥孔。它的桥基采用了"筏形基础"，即造桥前先在江底沿桥梁中线抛撒石块，形成一条横跨江底的矮石堤，作为桥墩的基础。虎渡桥建成后经历了七百多年。虽元、明、清又屡毁屡修，但其中跨墩石梁却安然无恙，巍然不动。

这些巨型梁石，每块重达200吨，在缺乏起重机械的古代，要开采如此巨大的石块，其难度是难以想象的。而工人们运用什么办法、什么工具将如此巨大的石梁运到江边，架设于波涛汹涌、水深浪急的江水上，简直就像古埃及人建造金字塔，至今还是一个谜。英国学者李约瑟博士在《中国科学技术史》一文中评价虎渡桥说："在中国其他地方和国外任何地方，都找不到可同它相比的。"

在第二次世界大战的中国战场，为阻止日军进犯漳州，中央政府在厦门遭沦陷后炸毁了虎渡桥。新中国成立后又重建了虎渡桥。1972年，按国家标准把虎渡桥改建成混凝土结构的国道公路大桥。为让后人领略这座古桥梁的原有风貌，修建时特地保留没有遭毁的五座桥墩和两孔完好的古石梁。而今的虎渡桥桥长285米，25孔，桥高约15米。石梁虽仅剩下5孔，却依然可见当年的声势。

世界最长的石梁桥——安平桥

在福建省晋江县安海镇和南安县水头镇之间的海面上，有一座著名的石梁桥，叫"安平桥"，它是我国最长的石梁桥。桥长约五里（近2.5公里），因而又称为"五里桥"。安平桥是用花岗岩和沙石构筑的梁式石桥，横跨晋江安海和南安水头两重镇的海滩，始建于南宋绍兴八年（公元1138年），比福建泉州的洛阳桥晚百年，修建时借鉴了洛阳桥的经验。据说建桥的巨石多是从咫尺相望的金门岛开采海运而来的，利用潮汐规律才把石板架于桥墩上，因其长度冠于古代桥梁之首而享有"天下无桥长此桥"的美誉。

安平桥建于距今八百多年前的南宋时期。当时，安海镇边的海湾是我国对外贸易的

安平桥石塔及桥亭 ▼

重要港口，同对面的水头镇贸易往来很频繁，靠船运货很不方便，人们遂决定在两镇之间架桥。南宋绍兴八年（公元1138年），大桥开始动工兴建，历经十四年，于绍兴二十二年（公元1152年）正式完工。安平桥不仅是我国最长的石梁桥，也是世界上最长的石梁桥。据1957年调查，桥长2070米，宽3～3.8米，建有桥墩314座，以巨型石板铺架桥面，两侧设有栏杆。桥板又阔又厚，最长者可达十余米，每截用板石七八条，都是坚实的花岗石。20世纪80年代初，人们又对这座已列为全国文物保护单位的古桥进行了大规模维修，现桥长2251米，比横跨长江的南京长江大桥正桥还长数百米。

▲ 1982年未加栏杆的安平桥

为了美化桥型和供人休息，桥上建了五座亭子，自东向西分别为水心亭（桥头亭）、中亭、宫亭、雨亭和楼亭。五座亭中，中亭最大，面宽10米，周围保存有历代重修碑记13座。亭前立有两尊宋代石刻武士像，躯高1.59～1.68米，头戴盔，身着甲，手执剑，雕刻风格古朴。两翼水中筑有对称方形石塔四座，圆形塔一座，塔身雕刻佛祖，面相丰满慈善。据说当年弘一法师到漳州弘法时，曾借道安平桥留宿，还将所住房间取名为"澄渟院"。在桥头还有一座砖塔和观音堂。塔高达22米，为五层六

角形空心建筑，南宋时所创建，与桥建造于同一时代。桥上原
有扶栏望柱，其栏杆柱头还雕刻着惟妙惟肖的雌雄石狮与护桥
将军石像，手法夸张，形象生动。因长年山洪、台风及地震的
影响，现已严重损坏。

　　安平桥全部由闽南开采的花岗石筑成(一说从金门岛开采海
运而来)。每两座桥墩之间用六七条大石板铺就，石板长8～11
米，宽0.6～1米，厚0.5～1米，每块重达3吨左右，其中最大
的石板重达25吨，工程十分浩大。

　　安平桥的桥墩用长条石和方形石纵横叠砌，呈四方形、单
边船形、双边船形三种形式，工匠们在不同的位置选择了不同
的桥墩形式。在水深流急而且水面较宽的主要港道中，采用船
形墩，两端都成尖状，减少流水的阻力；在一边水急、一边水
缓的港道中，采用鞋形墩，向上游的一边为尖状，向下游的一

端为方形，利于泄水；在水浅流缓的地方，则采用长方形桥墩，以增加桥的稳定性。每两个桥墩之间一般相距6～8米，最长的相距11米。

安平桥的长度被历代所赞誉，以"卧龙"、"巨虹"的壮丽称号，闻名海内外。据明代编的《安海志》称，古时安海人善于漂洋过海发展海上贸易。宋元时期，商船飘洋过海，足迹遍天下。南海明珠，越南翡翠，无所不有；文身之地，偏远小国，无所不到……这都说明宋元时期安海海外通商的繁荣景况。安平桥，更是当时海外交通发达、社会经济繁荣的实物标志。

中国孔数最多的石桥——宝带桥

中国孔数最多的石桥，是苏州的宝带桥。它共有桥孔53个。苏州宝带桥，又名"小长桥"，因唐刺史王仲舒捐献宝带资助建桥而得名。它始建于唐元和十一年至十四年（公元816～819年），位于运河西侧澹台湖口上。它是苏州至杭州、嘉兴、湖州陆路的必经要道，又是太湖通往运河及吴淞江的一个隘口。

宝带桥是桥梁建筑史上一大杰作。它用坚硬素雅的金山石筑成，主体部分有53孔，长249.8米，北端砌驳引道23.2米，南端砌驳引道43.8米。全桥总长近317米，桥宽4.1米，桥端宽6.1米；跨径最大的有6.95米，最小的也有3.9米；除第十四至十六孔外，跨径平均为4.6米。桥从十三孔开始逐渐隆起，到十五孔为最高点，达7.5米，用以通行大船，也使桥形

苏州宝带桥全景 ▲

富有变化。桥两端原各有石狮一对，现仅存北端一只。北端有石塔和碑亭各一座，塔高约3米，亭内有清代张松声的碑记。第二十七与第二十八孔间的桥墩上，也有一座相同的石塔，已毁坏。宝带桥孔数之多，桥之长，结构之精巧，在中外建桥史上都是少见的。

宝带桥兴建的历史，要远溯到千年以前的隋唐时期。隋王朝为大规模发展漕运，于大业六年（公元610年）开凿运河南段，自镇江经苏州到杭州，全长八百多里，名"江南河"。后来唐朝取代了隋朝，依旧定都于今天的陕西西安，虽然陕西有渭河平原，但耕地始终有限，于是，需要运输东南的稻米到陕西去。而南运河自然而然就承担了整个京师用粮的运输任务。

为了改善漕运条件，广筑纤道刻不容缓，特别是运河岸边的纤道。同时，千百年来，江南地区主要靠水路运输，在船只载重大、吃水深，又无机械为动力的条件下，仅凭风帆橹篙，运行缓慢，而靠人力背纤可加快穿行速度，解决逆水行舟的困难，建造和维护纤道势在必行。江南多河，运河纤道常常被水网、溪塘所阻挡，纤道上必须建桥，才能各行其道。宝带桥正是为适应这种需要而兴建起来的，它是隋朝开凿的大运河南段（江南河）边上的一座纤道桥。主要作为运河"挽道"的宝带桥，不宜建成常有的如驼峰隆起的石拱桥，宜于采用跨径小的多孔、狭长和平坦的桥型。为了排泄诸湖之水，桥墩也筑得较窄狭。

唐元和年间建成的桥，维持了四百余年，到了南宋末年的绍定五年（公元1232年）又重建。重建后一百年，桥又倒坍，遂用木搭桥以渡，但木桥不安全，后又重建。到了明朝正统七年（公元1442年）再度重建。经过四年的努力，于正统十一年（公元1446年）冬十一月落成。史料记载："桥长一千二百二十五尺(约合480米)，其洞下可渡舟楫者，凡五十有三，而高其中之三，以通巨舰。用材为石两万两千丈（约合7333米），木四万两千五百株，灰二十四万三千六百斤，铁一万零四百斤，米二千六百石。"由此看来，当时的桥形就是现存的形式了。此桥落成后两百年，到了康熙九年（公元1670年），被大水冲坏，三年内修复。道光十一年（公元1831年），由林则徐主持修理，费了六千六百多两银子。到了同治二年（公元1863年），又被英国军人戈登所毁。同治十一年（公元1872年）重建。抗战初期，桥南端一段六孔被日本侵略者炸毁。新中国成立前桥已破旧不

宝带桥桥头石碑与石碑亭 ▶

堪。1956年春由苏州市人民政府修复。

戈登在1863年9月30日寄回英国的信中写道："宝带桥是一座长三百码、有五十三个拱洞的大桥，可惜这桥的二十六个拱洞突然在昨天崩塌了，有两人跌死，另有十人在桥拱一个随着一个倒下时拼命奔逃才幸免于难。桥崩塌时发出震人的响声，我的小船险些被碎片击沉。这桥的崩塌恐怕应归咎于我，因为我曾拆去它的一个拱洞让汽船驶入太湖，这桥的拱洞，是一个重叠在另一个上面，拆去一个拱洞，自然其余的就随着倒塌了。"

宝带桥采用的这一类桥墩易于变形，属于柔性墩之列。只要一孔的拱券上有荷载，就要牵动两边的桥墩并使之产生变形，从而把力和变形传到其他各孔上去。一孔受力波及全桥，"连续拱桥"（简称"连拱桥"）的名称即由此而来。

宝带桥从北端起的第二十七号桥墩，是由两个桥墩并立而成的，上面还放置着"镇妖"石塔，它就是刚性墩。戈登在与太平军作战时，拆掉了宝带桥最大的一孔，结果使北部二十六孔全部坍倒，造成严重损毁，但在刚性墩以南的二十六孔却安然无恙，未受波及。原来，刚性墩成了南部二十六孔的可靠屏障。从这个事实充分看出宝带桥刚性墩的重大功能。

从拱券的构造来看，宝带桥也反映了中国古代桥工的杰出创造。拱券是由一条条弧形的板拱石并列砌筑而成，板拱石的端点之间设有横向长铰石，板拱石两端各琢有石榫，插入长铰石上预留的榫眼，互相结合。榫眼较石榫略大，榫在眼中容许有微小的移动和转动。这种长铰石的作用可以近似地比为铰链，板拱石之间可看成铰链式的连接。宝带桥这一类拱券，后人将它归类到多铰拱。多铰石拱桥有一种独特的优点：当拱桥发生温度变化、基础沉陷或承受不对称的活荷载（车、马、人群等）时，各条板拱石的石榫能在长铰石的榫眼里作微小的运动，自动对拱圈的形状作微小的调整，使拱圈的受力有所改善。多铰石拱桥的力学特点在一定程度上好似倒置的悬索，悬索是能随荷载而变化其形状的。边墙、填料除了能起支托路面的作用外，还多少有助于增加多铰石拱桥的刚度。

宝带桥桥跨（最大跨为6.95米）与墩宽比是11.6∶1，从而使桥下泄水面积达85%，居世界古拱桥的首位。古罗马及欧洲的古石拱桥都采用厚墩，如13世纪初建成的英国老伦敦桥，桥跨与墩宽的比竟达1.3∶1，阻水面积大，桥型显得笨重。直到18世纪法国桥梁大师贝龙（公元1708～1774年）从理论上证明桥跨与墩厚比可以大到12∶1～10∶1，欧洲才出现薄墩桥，但还不及宝带桥桥墩薄。

▼ 江南运河与宝带桥

中国最长的园林桥——十七孔桥

　　走进颐和园新建宫门，迎面昆明湖上有一座汉白玉石大桥，它把西边龙王庙的蓬莱岛和东岸的八方亭连成一体，成为一组独立景区。这座造型非常优美的拱桥，就叫"十七孔桥"。整体桥长150余米，桥面宽达8米，由十七个券洞组成，是我国现存最长的一座古代园林桥。

　　园林桥修建在园林之内，曲折美观，亦称"曲桥"。它为游人观景创造了条件，同时其自身也是园中一景。十七孔桥修建

于清乾隆年间（公元1736~1795年），桥上所有的匾联均为乾隆皇帝撰写。桥南端横联上刻有"修蝀凌波"四字，是形容这十七孔桥如同一道彩虹，飞架于昆明湖碧波之上。桥北端横联则有"灵鼍偃月"四字，是把十七孔桥比喻成水中神兽，横卧湖面如半月状。桥北端另一副对联，则是"虹卧石梁岸引长风吹不断；波回兰桨影翻明月照还望"，描写在优雅宁静之夜，游赏此处风景更是宜人。

十七孔桥优美如长虹，横跨在昆明湖上。十七个孔券乃体现"九重"之数，因为从中间的最大孔向两端数去都是九。栏杆柱头也和卢沟桥相似，雕着大小不同、形态各异的石狮。桥西为湖中最大的岛屿南湖岛，岛上建有龙王庙、鉴远堂、月波楼等建筑。主体建筑为北面假山上的涵虚堂，为皇帝观看水师演练的地方。

从全湖来看，长长的西堤与从西堤岔出去的短堤将湖隔成三块，而分立其中的南湖岛、藻鉴堂和治镜阁三岛，分别象征着东海的蓬莱、方丈、瀛洲三座仙山，是道教信仰中的不老仙境。从全园来看，南湖岛与万寿山佛香阁的位置在对景手法上呈一宾一主之姿。而西堤之外无限深远，借用园外西山淡抹的自然风光，给人开阔之感，确是景无边、意不尽。造型优美的十七孔桥，将昆明湖的水面分出层次。千亩碧波尽收眼底的空旷观感及其产生的孤寂感，因为此桥的参与而消弭无踪，这些都是造园设计者的神来之笔。

在桥东侧有个八角亭，叫"廊如亭"，它可是中国现存最大的一座亭子。它与南湖岛连接在一起，形似一只乌龟的头、颈和身躯，用乌龟形状象征长生不老之意。桥侧还有一大小和真牛相仿的铜牛，蜷卧在雕有波浪的青石座上。铜牛体态优美，两耳竖立，昂首凝眸，目光炯炯地遥望着颐和园的远山近水。浩淼烟波当中，拱券相连，十七孔桥亦如长龙卧波。

廊如亭 ▶

中国最美的群桥——金水桥

皇家建筑，正门外常常设有御沟，沟名"金水河"，河上架桥，这桥就称为"金水桥"。这种桥梁是用来区分内外庭的界限，同时也为了彰显气势。皇宫、离宫、皇陵宫殿莫不如此。金水桥因其地位特殊，而必定为石造拱桥，且必定以汉白玉为栏杆。现存金水桥的实物，自然以明清北京故宫为最佳。

金水河是紫禁城护城河的一个组成部分。古语云："金城汤池，深沟高垒。"为了防护城垣，四周都有御河围绕。金水河分为内外金水河，金水桥自然也分为内外金水桥。

在北京故宫太和门前，形状像弓背的人工河道，叫做"内金水河"。跨越河上有五座并列的单孔御用玉石桥，就是"内金水桥"。因金水河的弯曲形状，其形有如皇上的御带，在民间，又称其为"御带河"，且把河上的桥叫做"御带桥"。这是五座并列单孔拱券式汉白玉石桥。五座内金水桥中，居中的桥最长最宽，为

▼ 天安门前外金水桥

115

主桥，只有皇帝才能通过；左右四座为宾桥，供宗室王公和文武百官通行。有传说，金水河上的五座金水桥，象征着"仁"、"义"、"礼"、"智"、"信"的儒家五德。

"外金水河"则是天安门前面的人工河，横跨在河上有七座"玉带形的石拱桥"，两旁外侧的桥除外，中间的五座群桥统称为"外金水桥"。桥型为三孔拱券式汉白玉石桥，中间孔大，两侧孔较小，重建于清康熙二十九年（公元1690年）。

内金水河的五座群桥造型别致，曲折多姿，雕刻精美，分别与天安门城楼的五个门洞相互对应。桥南距城门洞62米，桥与桥之间距离5米。桥身微有坡度起伏，使桥中央出现拱面，而且桥身呈现中间窄、两端宽的造型。此群桥有着起伏曲折、变化多姿的线条，更增添了天安门的华丽观感。

外金水河的七座石拱桥，在建筑雕饰物件上的使用各有不同。正中央的一座最为宽阔，气势宏大，桥长23.15米，宽8.55

米，是专为皇帝一人进出皇宫的通道，又称为"御路桥"。

在御路桥左右的桥，是宗室亲王们通行的，叫"王公桥"，宽5.78米。接着在王公桥外侧的桥，较窄，只有4.55米宽，叫"品级桥"，是三品以上的文武官员们走的桥。

比品级桥更窄的，是在太庙(现劳动人民文化宫)和社稷坛(现中山公园)门前的两座桥，叫"公生桥"，是皇帝祭祖和祭祀社稷神的通道，以及供四品以下官员、兵弁、夫役来往使用的桥。

现存的这两座桥已非昔日的公生桥，而是1949年后扩建的。桥身加宽为11.8米。桥的建筑装饰也不同以往。明清时期，皇朝的社稷坛和太庙面对长安街不开门，所以这两座桥只是样子桥。从桥的使用物件、建制和装饰，可看出当时的等级制度是多么森严。

外金水桥全部以优质汉白玉石砌成，御路桥的白石栏杆柱头上雕刻的是蟠龙望柱，刻满云朵和龙盘，下衬云板。其余四

▼ 天安门前外金水桥

座桥的白石栏杆，栏板柱头上皆雕成荷花栏柱。

外金水桥的汉白玉雕栏，造型优美而精致，宛如玲珑剔透的冰雕玉砌。美丽的群桥与四周高大的红墙黄瓦建筑相衬，更显得素雅美丽，展示出一个完美多姿的艺术杰作。

据说天安门与故宫金水桥的蓝本，出自元代皇城周桥的设计者杨琼。杨琼是元代河北曲阳的普通石匠。曲阳盛产玉石，其石雕技艺唐宋以来已名闻于世。杨琼出身石工世家，他的石雕"每出自新意，天巧层出，人莫能及焉"。公元1276年，修建元代皇城崇天门前的周桥时，杨琼的设计方案让元世祖忽必烈十分满意，下令按他的设计督建。据《故宫遗录》中记载，这周桥非常漂亮，为皇城增色不少，因而明皇城的建造者把它照样搬来，用以营造金水桥了。

中国最早的"立交桥"——八字桥

园林古建筑专家陈从周先生曾说，八字桥是我国最早的"立交桥"。它位于浙江绍兴市区八字桥直街东端，据《嘉泰会稽志》记载，该桥始建于南宋嘉泰年间(公元1201～1204年)，南宋宝祐四年(公元1256年)重建，现桥下西侧第五根石柱上刻有"时宝祐丙辰仲冬吉日建"字样。

绍兴境内河道纵横，水网密布，多水自然也就多桥。往往行至无路处，就有石桥相济。据统计，绍兴总共约有五千多座桥，难怪这里会被称为"桥乡"呢。

八字桥为梁式石桥，主桥东西向，横跨稽山河，总长32.82米，桥洞净跨4.91米，宽3.2米，结构造型奇妙。八字桥正桥的桥洞宽4.5米，桥两墩基用大块条石砌成，其上各立石柱9根，柱脚立槽中，以资牢固。石柱约高4米，微向内倾，使之紧贴柱后的金刚墙上，这样就显得十分稳固。石柱上用巨大条石压顶。再在上面盖以石桥梁。桥梁长约4.8米，外侧用石两层，略作月梁形。石制栏杆，望柱上刻有造桥捐资者的姓名。柱头雕花作覆莲形。

《嘉泰会稽志·桥梁》载有"八字桥在府城东南，两桥相对而斜，状如八字，故得名"。桥处在三街三河的交错点上，东西横跨在自南而北的河流上。在桥的南侧，东西又各有一条小河与主河道相通。八字桥陆连三路，水通南北，南承鉴湖之水，北达杭甬古运河，为古代越城的主要水道之一。桥下石壁转角处

◀ 绍兴八字桥

绍兴八字桥 ▶

被纤绳磨出的痕迹，至今历历在目，可见当年舟楫之盛。该桥于清乾隆二十八年（公元 1763 年）重修，1922 年再次重修过。如今，桥型与碑记均为宋代的原件。八字桥附近一带，古代民宅保存较为完整，南北百米之遥又各有古东双桥、广宁桥相互烘云托月，显得古风依旧。

由桥心往西，宽阔平坦的石级一直延伸到八字桥直街。在石级上部的休息平台处，还有一道石级从南面盘旋而上，与主桥相接。石级底下，又生一洞，且容西侧无名小河穿过，并可通乌篷小船。小河深入街衢，人家面水而居，当时"欸乃"一声，舍舟登岸，人就进了家门。

世界上第一座启闭式大桥——广济桥

广济桥位于广东潮州古城的东门外，初建于宋代，距今已有八百余年的历史，它是世界上第一座启闭式大桥，为中国四大古桥之一。

广济桥，俗称"湘子桥"，南宋乾道七年（公元1171年）太守曾江建造，初为浮桥，由86只巨船连结而成，始名"康济桥"。南宋淳熙元年间（公元1174~1189年），浮桥被洪水冲垮，太守常炜重修之，并造杰阁于西岸，开始了西岸桥墩的建筑；至南宋绍定元年（公元1228年），历时五十四年，朱江、王正功、丁允元、孙叔谨等太守相继增筑，完成了十个桥墩的建造。其中又以南宋淳熙十六年（公元1189年）太守丁允元建造的规模最大、功绩最著而改称西桥为"丁公桥"。

南宋光宗绍熙五年（公元1194年），太守沈宗禹"墦石东岸"，建盖秀亭，并称东桥为"济川桥"。接着，太守陈宏规、林骠、林会相继增筑，至南宋光宗开禧二年（公元1206年），历时十二载，建成桥墩十三座。东、西桥建起来后，中间仍以浮舟连结之，形成了梁桥与浮桥相结合的基本格局。

南宋末年至元代，广济桥又有诸多兴废。明宣德十年（公元1435年），知府王源主持了规模空前的"叠石重修"，竣工后"西岸为十墩九洞，计长四十九丈五尺(合16.5米)；东岸为十三墩十二洞，计长八十六尺(合28.7米)；中空二十七丈三尺(合91米)，造舟二十有四为浮桥"，并于桥上"立亭屋百二十六间"，

潮州广济桥 ▶

更名为"广济桥"。

明正德八年（公元1513年），知府谭纶又增一墩，减浮船六只，遂成"十八梭船二十四洲"的独特风格。清雍正二年（公元1724年），知府张自谦修广济桥，并铸生铁牛两只，分置西桥第八墩和东桥第十二墩，意在"镇桥御水"。道光二十二年（公元1842年）发洪水，东墩铁牛坠入江中。故有民谣："潮州湘桥好风流，十八梭船二十四洲，二十四楼台二十四样，两只铁牛一只溜。"

湘子桥始建于南宋，经南宋、元、明、清四朝，历时三百余年，历史上较大修葺扩桥工程有二十四次以上，终于建成这座集梁桥、拱桥、浮桥于一体之大桥。浮桥十八梭船可分可合，随潮浮沉升降。

广济桥其东、西段是重瓴联阁、联芳济美的梁桥，中间是"舳舻编连，龙卧虹跨"的浮桥。梁舟结合，刚柔相济，有动有静，起伏变化。当韩江发洪水，可解开浮桥，让汹涌澎湃的洪流倾泻；而平时又可以设置关卡，收取盐税。

　　据说，在广济桥初建阶段，就筑有了亭屋。明宣德年间(公元1426～1435年)，知府王源除了在五百多米长的桥上建造一百二十六间亭屋之外，还在各个桥墩上修筑楼台，并分别以奇观、广济、凌霄、登瀛、得月、朝仙、乘驷、飞跃、涉川、右通、左达、济川、云衢、冰壶、小蓬莱、凤麟洲、摘星、凌波、飞虹、观滟、滟翠、澄鉴、升仙、仰韩为名。古代岭南桥梁中规模如此之大、形式如此之多、装饰如此之美的亭屋，确实是世罕其匹。

　　广济桥是连接广东、福建、广西、贵州等地的交通枢纽，桥上又有二十几座华丽的楼台，此地自然就成了交通与贸易的中心，有了热闹非凡的桥市。天刚亮，店铺就开门了，茶亭酒肆，各种旗子迎风飘舞，一时之间，车水马龙。

◀ 潮州广济桥

这座充满神奇的大桥，每一个桥墩距今都有几百年的历史，从南宋建成第一个桥墩到形成"十八梭船二十四洲"的格局，前后共延续了三百多年。在古代生产力落后的情况下，在大江上建造这样宏伟的大桥，其难度是超乎人们想象的。所以潮州民间流传着许多"仙佛造桥"的传说。

相传韩愈到潮州任官后，由于韩江隔断了两岸百姓，所以很想修一座桥。但由于水深流急，施工一直难以进行。韩愈就去请来"八仙"之一的韩湘子和广济和尚来帮忙修桥，韩湘子从东段修起，广济和尚从西段修起。

韩湘子和广济和尚二人约定好了东、西桥衔接的日期。韩湘子造东面一段桥，请"八仙"来帮忙。韩湘子亲自去凤凰山取石，把石头都变成黑猪，一路赶来。但最后一群猪刚赶到凤南，给一个孕妇识破，她怪叫起来："石头怎么会走路！"一句话泄露了天机，石头再也赶不动了，因此韩湘子负责的东面那段桥的最后几墩没有修起来。

广济和尚造西南一段桥，请来十八罗汉帮忙。他亲自去桑浦山开取石头，把石头点化成一群乌羊，一路赶来。但当最后一群乌羊赶到半路时，碰到当地一个恶霸地主。他存心想夺取这些羊，就说："你这和尚哪来的羊啊！分明是我家的。"广济和尚被纠缠得不耐烦，就说："既然是你家的羊，就赶到你的田里去吧！"地主把羊一齐赶到他自己的田里去，却变成一座座乌石山，把地主的良田都毁掉了。

因此，最后一批黑猪、乌羊没有及时赶来，中间一段桥就没法合拢。怎么办？天又快亮了。"八仙"中的何仙姑只好将手中的莲花瓣抛向江心，化成十八条梭船；曹国舅用笏板放在木船上当作木板；铁拐李还解下了腰带缚住了这条浮桥。这样，人们为纪念仙佛合力造桥的功绩，就把此桥既称为"湘子桥"，又叫"广济桥"。

1958年潮州市政府对全桥进行加固维修，并拆除了十八梭船，改建为三孔钢桁架及两处高桩承台式桥梁。1976年又一次进行了扩建，原7米的桥面作为车行道，桥两侧各加宽2米为人行道。2003年10月，潮州市政府想恢复广济桥旧貌，参考清代潮州古城图中的湘子桥原貌，历时近四年，耗资9800万元，终于修复完成。而今，人们漫步广济桥上，又可以感受到徐徐轻风悠悠百年的风情了。

世界最长的古代竹索桥——安澜桥

　　四川有一座都江堰，举世闻名。它是世界上迄今为止年代最老、唯一留存、以无坝引水为特征的宏大水利工程。都江堰首鱼嘴上有一座世界上现存最长的古代索桥，它横跨岷江的内外江上，名叫"安澜桥"，被誉为中国古代五大桥梁之一。

　　岷江是长江上游水量最大的一条支流，江水滔滔，经常有渡船在岷江倾覆，过渡者葬身鱼腹。很早以前人们就开始在岷江上建造桥梁了。创作于北魏时期的地理书《水经注》，就曾提到过在江上有笮桥。而《华阳国志·蜀志》又有记载，都江堰

四川都江堰安澜桥 ▶

的创建者李冰会做笮桥。"笮"，意为竹索。笮桥，就是竹索桥。安澜桥修建的具体年代已经无从查考，但根据以上的资料可以分析得出，安澜桥的修建时间不晚于都江堰的修建时间，即公元前276～前251年。

据说，安澜桥在宋以前名"珠浦桥"。宋代改称"评事桥"。在明朝末年的战乱中，安澜桥一度毁于战火。人们只能摆渡过河，但由于江水湍急，加上有渡河把头乘机敲诈，百姓苦不堪言，遂把渡口称为"霸王渡"。当时流传着民谚说："走过天下路，难过霸王渡。"在清嘉庆八年(公元1803年)，私塾老师何先德夫妇先后修建的竹索桥，以木板为桥面，旁设扶栏，行走平安，称"安栏桥"，后改称"安澜桥"，取意"安渡狂澜"。

当时的安澜桥以竹为缆，木桩为墩，承托竹索，上铺木板，旁设栏索。全桥原长500米，8个桥孔，其中最大一孔跨径有61米，为我国古代最长的索桥。全桥用细竹篾编成粗5寸的竹索24根，其中10根作底索，上面横铺木板当桥面，压板索2根，还有12根分列桥的两旁，作为扶栏。绞索设备安放在桥两头石室内的木笼中，用木绞车绞紧桥的底索，用大木柱绞紧扶栏索。由于竹索太长，从两头绞紧非常困难，所以在桥梁中间的石墩上增添一套绞索设备，也置于石室木笼中。在木笼上面，修建桥亭。亭

▼ 都江堰的飞沙堰

127

都江堰宝瓶口 ▶

分两层，上层用木梁密排，装砌大石，以作压重；下层中空，以便行人。

桥墩用圆木筑成木排斜架，每墩用大木桩五根打入河底，中用横木一根连接，并堆砌石块围绕桩架，以防江水冲刷。墩中间一座石墩正位于内外江口分水嘴沙滩上，用花岗石砌成，周围打设木桩，并于上游建筑石堤数丈，巩固墩基。

安澜桥又名"夫妻桥"，为什么叫这个名字呢？这里面还有一段美丽而悲壮的传说呢。

明朝末年，即17世纪中叶，灌县的官府为了防御叛军进攻，拆毁了安澜桥。之后这座桥就长期没有得到重建，人们过江只能坐船，但每每都有溺水身亡的事故发生，而那些安然渡过河的人又会遭到勒索。如此过了一百多年，到了清朝的嘉庆年间（公元1796～1820年），有个私塾教师叫何先德，他看到人们过江很辛苦，决心修复珠浦桥。何先德为了修桥，遍阅了大量的建桥资料，又四处寻访请教当地的工匠。他详细观察桥头两边的地势，测量江岸间的距离，制成桥的模型，确定建桥方案。然后他一边募捐筹集桥款，一边上报官府请求官府给予支持。然而，官绅们以监督建桥的名义，偷工减料，暗中侵吞了建桥的钱。就在索桥即将完工的前几天，风雨大作，桥断裂了。官绅们害怕何先德揭发他们贪污腐败，又害怕上司们调查出真相撤了他们的职，于是，以"莫须有"的罪名将他杀害灭口。何先德去世之后，眼看造桥这件事又变成了泡影，他的妻子何娘子为了继承丈夫的遗志，挺身而出，决心把桥修好。她按照丈夫设计的桥式，加设栏杆，并做了模型进行试验，终于将桥建成。此后，人们每年用附近的新竹更换竹索，加以维护，以维持索桥的坚固。这样，岷江两岸的人们就不用再受渡江之苦了。人们为了纪念何先德夫妇，所以又管安澜桥叫"夫妻桥"。

如今，这个故事还流传在都江堰一带，川剧中也有相关的剧目在舞台上演出。何氏夫妻造桥铺路造福百姓的事迹，永远被人们记在心间。

1965 年在修建新都江堰时，按照清代桥梁式样对安澜桥进行了改建，以直径为25毫米的钢丝绳代替了竹索，栏杆索锚等部分改用钢筋混凝土柱，用绳夹固定，底锚情况不变，桥身缩短至 340 米。1974 年，外江水闸修建，因工程需要，安澜桥下移约百米，原木质桥墩亦被混凝土桩代替。

漫步安澜桥上，西可望岷江水穿越群山奔腾而来，东可望都江堰灌渠纵横，身前身后都是秀丽的山川。风风雨雨，狂澜安渡，一座小小的桥，留给后人的是一个凄美的传说，也是一个正义终将取胜的启示。

图书在版编目(CIP)数据

　　中国古桥／吴越编著.—南昌：百花洲文艺出版社，
2009.3
　　(中华文化丛书)
　　ISBN 978-7-80742-539-7

　　Ⅰ.中…　Ⅱ.吴…　Ⅲ.古建筑–桥–文化–中国　Ⅳ.
K928.78

　　中国版本图书馆CIP数据核字(2009)第025732号

中华文化丛书

中国古桥

吴越　编著

出版者：江西出版集团·百花洲文艺出版社
　　　　(南昌市阳明路 310 号　邮编：330008)
电　话：(0791)6894736　　(0791)6894790
网　址：http://www.bhzwy.com
发行者：百花洲文艺出版社
印　刷：江西华奥印务有限责任公司
版　次：2009 年 7 月第 1 版第 1 次印刷
规　格：860mm×980mm　16开本
印　张：9印张
字　数：100千字
书　号：ISBN 978-7-80742-539-7
定　价：56.00元

(如印装质量有问题,请与印刷厂联系调换)
电话：(0791) 8368111